Aurélie Dye-Pellisson

Ce que l'océan ne dira jamais

Roman

Éditions Héloïse d'Ormesson

ISBN 978-2-35087-979-6

Éditions Héloïse d'Ormesson
92 avenue de France, 75013 Paris
serviceclients@lisez.com
www.editions-heloisedormesson.com

Ce que l'océan ne dira jamais

Pour Arnoux Dye-Pellisson,
et tous les passagers qui se trouvaient
à bord du *Princess Sophia*,
le 24 octobre 1918.

« We are such stuff as dreams are made on,
and our little life is rounded with a sleep.* »

William Shakespeare, *The Storm*, 1611

* « Nous sommes de l'étoffe dont les songes sont faits. Notre petite vie est au creux d'un sommeil… », citation extraite de la pièce de William Shakespeare, *La Tempête*, acte IV, scène I, traduction d'Yves Bonnefoy, éd. Gallimard, coll. « Folio Théâtre », édition bilingue.

1

—

Elle vient d'écrire le mot « fin », l'entend résonner dans sa tête. Comme un gong.

Elle seule peut en percevoir les contours, l'épaisseur, et c'est sans doute mieux ainsi.

Il restera pour ce récit une vallée de neige que seul l'imaginaire, peut-être, pourra habiter.

Elle le souhaite de tout son être. Se souvient que c'est pour cela qu'elle s'est lancée dans cette entreprise un peu folle. Écrire. Quatre ans déjà, et une cinquantaine de récits. Sur trois cent cinquante-trois, cela ne pèse pas lourd. C'est même dérisoire, songe-t-elle en effleurant l'épingle d'or à sa boutonnière. Mais ce sont toujours quelques dizaines de vies réencrées. Elle n'aurait jamais imaginé, d'ailleurs, qu'elles puissent devenir autre chose que des pages confidentielles. Pas plus qu'elle n'aurait imaginé se lancer dans l'écriture d'un roman juste après ce premier recueil.

On avait fait si peu cas du naufrage à l'époque. Quelques articles et gros titres dans la presse, au moment de « l'événement ». Mais très vite, des nouvelles bien plus importantes avaient supplanté celle du *Princess Sophia*, englouti dans les eaux glacées du canal Lynn, au large de l'Alaska, après avoir heurté le récif de Vanderbilt le 25 octobre 1918, quelques heures après son départ de Skagway. Deux heures du matin venaient de sonner, et les ténèbres, déjà, ceignaient le navire.

C'était un vendredi comme les autres, mais l'année, elle, était *autre*. L'espérance ne tarderait pas à venir réclamer son dû, soldant ainsi quatre années de conflit mondial. Quatre années où la mort avait régné presque sans partage. Désormais, on exigeait l'allégresse. On avait suffisamment pleuré les disparus, les morts au combat, les sacrifiés. La coupe était pleine.

Aussi, l'annonce de l'Armistice, le 11 novembre, se devait d'être célébrée dans la joie et l'enthousiasme de ceux qui portaient l'avenir en eux : les vivants, les rescapés de l'autre naufrage qu'avait été cette guerre.

Rien ne devait entrer en dissonance avec ce chant-là. Pas même l'arrivée du *Princess Alice* dans le port de Vancouver. Personne n'avait envie de voir, de savoir que celui que l'on avait surnommé « le navire de la tristesse » ramenait dans son flanc les premières dépouilles repêchées, délivrées de la morsure du froid et des becs affamés des oiseaux de mer. Des corps gonflés d'eau, asphyxiés par les milliers de litres de fioul qui s'étaient déversés en mer, au moment où le navire avait sombré.

On voulait bien songer quelques instants à la douleur des familles venues reconnaître et récupérer les corps de leurs proches. Mais l'heure était au mouvement, au renouveau, aux sourires que l'on s'autorise à raccrocher aux lèvres, aux regards qui osent s'aventurer hors de la nuit dans laquelle ils étaient depuis si longtemps plongés.

Il fallait avancer. Le monde ne pouvait pas s'arrêter à trois cent cinquante-trois morts de plus. Quant aux animaux à bord, chiens, chevaux, qui prendrait le temps d'en mentionner seulement l'existence ?

Zélie mesure le chemin parcouru, laisse planer son regard au loin, rejoint les vents du large. Son visage est tendu, mais tout, dans sa verticalité, trahit une résolution ferme. Bien plus grande que lorsqu'elle est arrivée aux États-Unis en 1899.

Elle se redresse, s'éloigne du fauteuil qu'elle regrette de ne pouvoir emporter, contourne le large bureau au-dessus duquel elle a travaillé une partie de la nuit, et se dirige vers l'une des deux hautes fenêtres de la bibliothèque qu'elle ouvre sur ce matin de février.

Ma dernière aube de mer, songe-t-elle. *En Californie, du moins.*

Dans quelques heures, elle prendra le train en direction de New York, puis un paquebot, semblable à celui à bord duquel elle a effectué la traversée en sens inverse, vingt-cinq ans plus tôt, avec son frère Jean. Tout, pourtant, sera différent cette fois-ci.

Arrivée au Havre, elle rejoindra ensuite Paris, et Michaël, qu'elle rencontrera pour la première fois, « en vrai ».

Et qui sait, peut-être racontera-t-elle la véritable histoire de ce roman tout juste terminé à cet homme, dont elle ne connaît que les mots et la volonté de l'éditer…

2

—

ELLE IGNORE ENCORE ce qu'elle lui dira ou taira. Il est si facile de se laisser abuser. Elle a fait le pari de lui accorder sa confiance, s'est engagée à lui livrer son texte terminé. C'est chose faite à présent. Elle tiendra parole. Mais c'est elle qui le lui remettra. Elle veut être certaine qu'il soit *la bonne personne*. Ce travail est trop précieux pour qu'elle l'abandonne entre des mains qui risqueraient de l'abîmer. Être broyée, elle connaît. Alors elle jugera par elle-même la fiabilité de cet homme et de son équipe. Qu'il dirige une « grande maison » ne constitue pour elle aucune garantie. Elle vit à des milliers de kilomètres de la France depuis plus de deux décennies, et il y a bien longtemps qu'elle a perdu cette naïveté qui consisterait à croire qu'être publiée par un éditeur de renom, lorsque l'on est une parfaite inconnue, est un gage de succès.

Zélie verrouille la porte de l'appartement, désigne d'un signe de tête les deux grosses malles au jeune homme chargé de les acheminer jusqu'à la voiture qui l'attend pour la conduire à la gare. Elle accomplit chaque geste méticuleusement : ranger la clé dans sa trousse de velours pourpre, la replacer au fond de son sac, sortir ses gants, avancer un pas après l'autre, grimper dans l'automobile, saluer le chauffeur, jeter un ultime regard à l'immeuble qu'ils dépassent à présent, s'engageant sur l'une des artères principales de la ville. Elle fait tout cela en étant déjà ailleurs. Où ? Elle ne sait pas très bien. Entre deux mondes dont la frontière serait poreuse. Elle fuit de l'un à l'autre, sans parvenir encore à se fixer ici ou là. Elle tâtonne, chancelle un peu. Que faudrait-il dire à présent ? Où faire commencer son « *Il était une fois* » ?

Au creux du doute. Au point de bascule, quand on n'ose plus y croire à force d'échouer mais que l'on refuse de s'avouer vaincu, s'agrippant au moindre lien suspendu au-dessus du vide. Tirer ce fil-là en premier. Celui de la frustration, mêlée à l'impatience.

Combien de temps, encore, devrons-nous rester là, enclavés dans ce carré d'alpage, entre les murs de cette maison grise au front soucieux ?

Zélie se souvient de ces mots qui n'avaient cessé de lui marteler le cœur jusqu'à ce qu'elle puisse enfin partir avec son frère rejoindre leurs deux aînés à San Francisco, au printemps 1899. Une période parfaite pour clore une vie et en faire naître une autre, ruisselante d'écume neuve. Pour faire quoi ? Elle l'ignorait. Ne fonctionnait alors qu'à l'instinct. Partir. S'extraire. De cette terre du Champsaur qu'elle aimait trop pour vouloir y demeurer engluée.

À cette époque, le temps de l'enfance se refermait quand celui de la vie d'adulte semblait un pied d'arc-en-ciel fuyant. Plus les jours passaient, plus ils s'épaississaient, et où que le regard de Zélie se portât, il se heurtait à la pierre, se fracassait contre ses parois, imperturbables gardiennes d'un sanctuaire dont elle se sentait captive. Tout autour, le flanc des montagnes, lourd, dominant, resserrait sur elle son étreinte. Atteindre le sommet d'un col, sa ligne de crête, n'était jamais qu'une promesse de liberté éphémère. Une fois là-haut, nul autre choix que celui de redescendre pour réintégrer l'enclos. La chute, irrémédiable, succédait à l'ascension, avec l'impression de brasser des rêves en vain, le front en sueur, sans parvenir à arracher le moindre lambeau de victoire. Rien ne semblait vouloir briser ce piège dans lequel, tout comme Jean, elle ne cessait de tourner sur elle-même.

Chaque matin, pourtant, elle retenait son souffle. Malgré sa résolution de ne plus rien attendre, malgré les « ça ne sert à rien, c'est foutu, ça n'arrivera jamais », elle se surprenait à espérer. Et si c'était aujourd'hui ?

Alors vers onze heures, elle guettait l'apparition de l'oncle Marius, l'unique facteur de la vallée, témoin-relais, ô combien précieux, de leurs correspondances, lettres officielles, officieuses, missives en tous genres. La nouvelle, de toute façon, ne pouvait arriver que par lui. Pour Jean, elle ne s'inquiétait pas trop. Il rejoindrait tôt ou tard leurs frères, partis en éclaireurs pour le Nouveau Monde, réussir là-bas ce qu'il était inimaginable d'entreprendre ici. Mais pour elle, les choses ne seraient pas si simples, elle en avait bien conscience. Certaines réalités sont des collets. Certaines peurs, aussi.

Celle de la voir partir prenait sa mère à la gorge sans crier gare. Il suffisait d'un instant dans lequel le silence s'étirait plus que de raison, un changement de lumière. Il suffisait que Zélie regarde dehors un peu trop longtemps pour que Pauline pressente qu'une part de sa fille n'était déjà plus là, pour qu'elle mesure sa soif d'ailleurs, l'envie qui lui prenait tout le corps d'échapper à cet « ici », au licol de cette terre. Sa mère connaissait le poids des mots, savait qu'un « oui » prononcé, même à la hâte, pouvait retenir une vie entière.

C'était d'ailleurs ce qu'espérait Simon, le meilleur ami de Jean. Retenir Zélie « jusqu'à ce que la mort les sépare ». Quelle chance, pensaient tout haut sa grand-mère et sa tante Adélaïde. Le jeune homme était travailleur, honnête, et bel homme avec ça. Fils aîné du maire d'Orcières, sa famille était influente, du moins, autant que l'on puisse l'être au quasiment bout du monde. Zélie reconnaissait qu'il était loin d'être déplaisant. Mais il ne lui faisait aucun effet, et quoi que pût en dire l'aïeule, cela ne se commandait pas. Pas plus que les rêves. Or, le fil des siens, justement, ne trouvait son ancre que de l'autre côté de l'océan. Dans cette autre vie qui ne venait pas. Elle aussi espérait un « oui ».

Alfred et Georges s'en sortaient de mieux en mieux. Tous les courriers en provenance de San Francisco en témoignaient. Leur ton avait changé, gagnant en assurance. Les phrases d'Alfred semblaient s'être teintées de lueurs incarnates. Mais l'argent manquait encore, semblait-il, pour les faire venir.

– Il faut parfois savoir renoncer, lui conseilla un jour la tante. Dans la vie, on ne peut pas toujours faire ce que l'on veut.

Comme elle aimait, cela, Adélaïde. S'emparer des choses, des êtres, les tenir entre son pouce et son index, en suspension. Leur donner l'impression d'avoir de l'importance, puis sans crier gare, raidir ses doigts, exercer une légère pression, avant de les refermer l'un sur l'autre – *clac* –, écrabouillant leur trésor d'un instant comme le font les enfants avec des fleurs dont ils ne seraient finalement pas satisfaits.

Zélie avait pris sur elle pour se retenir de lui jeter à la figure l'une des assiettes qu'elle tenait. *Parle pour toi*, aurait-elle voulu lui répondre. Mais son père la devança, bien plus diplomate qu'elle ne l'aurait été, rappelant que rien n'était encore joué. Alfred et Georges étaient sur le point de concrétiser un projet intéressant ; prometteur, même.

Adélaïde avait affiché une moue dédaigneuse. Quant à la grand-mère, elle cachait mal son exaspération. Sourcils relevés, pupilles montant au ciel, sourire en biais. Pour elle, tout cela n'était qu'un monceau d'illusions. Que ses petits-fils en fassent les frais pouvait à la limite se comprendre, il fallait bien que jeunesse se passe, mais que son gendre les suive dans leurs élucubrations la dépassait. Peut-être avaient-ils tort d'y croire, se disait Zélie, mais une chose était certaine : s'ils ne tentaient rien, que leur restait-il ?

Parfois, elle aussi se sentait découragée, et l'envie lui prenait de renoncer. Éteindre ces images qui vibraient derrière ses paupières. Chasser l'obscurité de certains jours et permettre à ses nuits de trouver un point de lumière.

Ç'eût été tellement plus simple de se contenter de ce qui s'offrait à elle, de suivre son prétendu intérêt. Que ferait-elle de plus, d'ailleurs, en Amérique ?

À cette époque, elle n'en savait strictement rien. La seule chose qui l'animait était cette perspective d'un départ. Tout le reste demeurait épinglé aux deux grandes aiguilles qui avaient suspendu leurs heures quatre ans plus tôt, un soir de juin 1895.

Zélie n'avait rien vu venir, rien soupçonné.

3

– TOUT EST PRÊT, nous partons dans dix jours.

Les paroles d'Alfred avaient claqué contre les murs, ricochant sur elle avec une violence inouïe. C'était la première fois que la vie surgissait, plus forte que les livres. Elle se souvient de s'être figée sur sa chaise, d'avoir jeté un bref regard à Jean. Ses yeux pâles lui avaient répondu avec leur douceur habituelle. Son frère avait déjà tout compris de la tempête qui la ravageait. Jean savait, toujours. La discussion s'était poursuivie jusque tard. Leurs parents voulaient connaître les détails des dernières tractations avec M. Gilbert, les modalités de départ, le port dans lequel les garçons embarqueraient, la sûreté du navire, combien de temps durerait la traversée. Et leur vie là-bas, en Californie, comment s'organiserait-elle ?

Il y avait tant de questions. Et tant de peurs aussi qui suintaient derrière les masques, enfilés à la hâte. Pauline s'efforçait de donner le change, d'éviter que sa voix ne déraille. Leur père les surprit à sortir une bouteille d'hysope. D'ordinaire, Noël n'en buvait qu'en hiver, « parce qu'il n'y a rien de mieux pour affronter le froid ». C'était le début de l'été, mais lui aussi, sans doute, avait le corps glacé.

Alfred rassurait, expliquait, avait réponse à tout, ou presque. Georges, soucieux d'être un soutien parfait tout en demeurant *à sa place*, marquait son approbation par de petits hochements de tête. Zélie les écoutait parler, laisser se répandre sur la table de la salle à manger tous les mots qu'ils avaient solidement attachés au cours des derniers mois peut-être...

La jeune fille observait les traits de leur visage, scrutait le tressaillement d'une paupière, un sourire trop étiré qui aurait pu lui indiquer que tout cela n'était qu'une bonne blague, qu'ils avaient réussi leur coup : lui faire croire à l'impensable. Mais rien de tout cela n'arriva, sauf *l'impensable.*

Dès lors, tout s'accéléra : les rendez-vous à la succursale de la Compagnie maritime transatlantique, les formalités administratives et la réception du précieux sésame permettant d'embarquer pour l'Amérique. Les candidats à l'immigration ne manquaient pas, les opportunités de s'expatrier non plus. Pour faciliter le départ des volontaires, les passeports étaient délivrés à la demande. Nul besoin d'autorisation. Alfred ne tarissait pas d'éloges concernant le traitement, remarquable selon lui, de leur dossier.

Aucun mot, ce soir-là, ne put sortir de la gorge de la jeune fille, dont le regard restait rivé au sol, comptant les carreaux noirs, puis les blancs, jusqu'à ne plus savoir où se poser. Ses yeux finirent par s'arrimer à ses paumes auréolées de brun qu'elle découvrait, stupéfaite, comme si elles eussent appartenu à quelqu'un d'autre. Comment s'était-elle fait cela ? Elle avait beau chercher, elle ne s'en souvenait plus. Et puis, tout lui était revenu d'un coup. Les noix, le couteau, le jus blanc qui suinte le long de la lame. Il faudrait des semaines pour que les taches disparaissent. Elle avait récolté les fruits à la Saint-Jean pour préparer le vin qu'ils dégusteraient à la nouvelle année. Quarante noix à laisser macérer quarante jours. Bien plus qu'il n'en serait nécessaire à ses frères pour quitter la maison. Elle aurait dû faire plus attention, veiller à mettre des gants avant d'inciser les coquilles. Une fois de plus, elle payait son impatience et son obstination à tout cueillir à pleines mains. En même temps, ce ne serait pas pire que les orties, et puis ça passerait. Comme le reste.

Zélie savait qu'Alfred visait d'autres horizons que ceux de cette vallée, mais partir si loin, et seulement avec Georges, non, vraiment, elle ne l'avait pas vu venir. Jean non plus. Pauvre Jean. Plus tard, il avait pris sur lui pour tempérer sa déception, pour lui faire comprendre, et sans doute étaient-ce aussi des paroles qu'il s'adressait à lui-même, que leurs frères aînés avaient préféré ne pas ébruiter leur plan tant qu'ils n'avaient pas été certains de réussir. L'enjeu était énorme, il fallait qu'ils en aient conscience. Tout quitter comme ça, si rapidement. Peut-être auraient-ils pris davantage de temps s'ils l'avaient pu, mais il y avait la menace, sourde et grandissante, du service militaire.

La mobilisation pouvait durer jusqu'à trois ans, et Alfred ne pouvait pas en supporter l'idée. Un tirage au sort, comme le voulait l'usage, ne déterminerait pas le cours de son existence. De cela, il s'en était fait la promesse. Dès qu'ils seraient en Californie, leur avait-il expliqué ce soir-là, ils s'engageraient comme moutonniers. Les hommes de la vallée du Champsaur étaient, paraît-il, très recherchés. Ce serait une première étape, et Alfred ne comptait pas s'arrêter là. Il avait d'autres projets. Mais il était prématuré d'en parler.

– Et nous ? Qu'est-ce qu'on est censés faire ?

Enfin, Jean était sorti de sa réserve. Entendre sa voix avait brusquement sorti sa sœur de sa torpeur. Elle avait levé les yeux en direction d'Alfred, suspendue à sa réponse. Elle fut brève : ils devaient se tenir prêts. Dès qu'ils auraient réussi, ils les rejoindraient. Il faudrait se montrer un peu patient. Le temps de réunir l'argent nécessaire et les conditions aussi pour accueillir une jeune femme.

– Je ne suis pas en sucre, tu sais. Et je suis habituée, tout autant que vous, aux travaux difficiles. La vie là-bas ne me fait pas peur.

Ce dont Zélie avait peur, c'était de ne pas partir.

– Et si jamais les conditions, comme tu dis, ne sont jamais réunies ? Vous nous laisserez moisir ici ?

Un silence gêné avait suivi sa question. Pourtant, très vite, Alfred avait balayé d'un grand geste de la main ces mots qui entachaient sa résolution. Il n'y avait pas à s'inquiéter, *les laisser moisir ici*, pour reprendre ses propres termes, n'était pas une option. Leur tour viendrait. Tout ce qu'il fallait, c'était garder en tête leurs objectifs, la foi et travailler dur.

D'autres avant eux s'étaient lancés dans l'aventure, et avec succès, au-delà même de leurs espérances. Alfred et Georges étaient jeunes, en parfaite santé, les difficultés étaient loin de les effrayer. Bien au contraire, ils relèveraient ce défi. Ce serait leur revanche. Sur leur qualité de vie qui se dégradait depuis plusieurs années, et sur l'avenir aux yeux bandés qui les attendait s'ils restaient là.

Un exode important vers l'étranger s'était propagé dans les vallées haut-alpines, et ne cessait de s'amplifier. Plus assez de nourriture et des familles trop nombreuses, quand il y avait là-bas, aux Amériques, tant et tant de possibilités de faire fortune. Georges les avait rassurés : rien ne viendrait ébranler leur détermination. Ils pouvaient compter sur Alfred et lui, les deux inséparables. Comme Jean et Zélie. Ils formaient deux équipes qui se partageaient le même terrain de jeu, souvent complices, parfois rivales. Elles seraient à présent chacune d'un côté de l'océan.

4

Le 16 juillet 1895 à l'aube, Alfred et Georges firent de leur mieux pour se trouver une place dans le char à bancs qui devait les conduire à Gap, le point de départ de leur grande aventure. Ils rejoindraient ensuite le Havre par le chemin de fer, où ils embarqueraient pour New York avant de traverser le pays en train jusqu'en Californie. Dix mille kilomètres à parcourir, avec pour bagages un sac informe, de maigres économies, et beaucoup d'espoir. Le trajet jusqu'à San Francisco coûtait quatre cent cinquante francs par personne. L'équivalent d'une année de travail. Leurs parents avaient réuni tout ce qu'ils possédaient, hypothéqué leurs terres et la maison familiale.

Les deux frères étaient loin d'être seuls ce jour-là. Tout le voisinage, et même le maire d'Orcières, avaient fait le déplacement pour souhaiter bonne chance à ces enfants du pays qui grossissaient le contingent des émigrés haut-alpins en partance pour le Nouveau Monde. Avec eux, d'autres jeunes des environs arboraient la mine fière de ceux qui s'apprêtent à accomplir l'impossible.

Rester à terre fit hurler Zélie intérieurement. Une question d'orgueil, elle en était consciente. Elle se sentait l'étoffe d'une héroïne et se retrouvait réduite à n'être qu'un personnage secondaire, falot, dont le rôle consistait à regarder les autres occuper le devant de la scène. Elle eut cette impression désagréable de « faire tapisserie » et détesta cela.

Une sorte d'entaille se creusa en elle, si fine au départ qu'elle la sentit à peine. Mais suffisamment profonde pour que la frustration et la rancœur y fassent leur lit. Patiemment, l'air de rien, elles se déployèrent, conquérant chaque pli du cœur, transmutant les rêves en obsession de revanche.

Tout lui devint odieux. Tout lui fut haïssable. Ce que ses yeux avaient aimé, caressé, chéri la révulsait. La tendreté de l'herbe qui chatouillait ses chevilles, le grondement du torrent, les arbres aux bras tendus, sa chambre auparavant refuge. Et surtout, le sourire des gens. Le visage des gens. Leur mouvement de tête, lorsqu'elle les croisait sur le chemin menant au village, à l'école, aux pâturages. La façon dont ils s'inclinaient, pleins de commisération, lui était insupportable.

Cette terre lui faisait l'effet de deux mains boueuses dégoulinant le long de son cou, maculant sa robe, lestant ses chaussures d'un plomb qui la condamnait là, dans cette vallée, alors que son cœur était avec ses frères. Depuis leur départ, elle se sentait disloquée.

Elle aurait pu se perdre dans cette colère, en faire un terreau fertile pour y cultiver l'amertume et laisser pourrir ce qui lui apparaissait comme de la naïveté puérile. S'apercevoir que Jean, en plus, n'était pas de son côté ne faisait que décupler cette vague rouge qui déferlait en elle. Elle se souvient de la rage qu'elle éprouvait contre lui. Peut-être plus encore que contre Alfred et Georges. Il était si placide, si souriant, si confiant.

– Ne t'inquiète pas, Zélie, notre tour viendra, lui répétait-il.

S'il savait comme elle l'avait détesté dans ces moments-là ! Comment pouvait-il supporter cette humiliation dans laquelle on les maintenait ? On leur avait tout caché pendant des mois, on leur avait menti et, à présent, il fallait rester confiants ? Zélie ne comprenait pas que Jean puisse prendre la défense de leurs frères, excuser le silence de leurs parents, accepter la situation, et s'en remettre au bon vouloir de la Providence.

– La colère n'est jamais bonne conseillère, tu sais.

– Peut-être, mais pour l'instant, je n'ai rien de mieux à me mettre sous la dent.

Elle savait très bien que Jean avait raison et qu'elle s'enlisait chaque jour davantage, devenant aigrie.

– Tiens, j'espère que cela t'aidera à calmer tes nerfs.

Jean lui tendit un paquet dont la forme ne lui laissa aucun doute sur ce qu'il contenait.

– Je l'ai acheté hier à Gap. Je me suis dit que ça te permettrait de voyager un peu.

Était-ce le livre emballé, ou simplement l'attention de son frère qui effrita la solide muraille que Zélie avait bâtie autour d'elle ? Les deux, conclut-elle en se rappelant à quel point ce cadeau l'avait émue.

Le soir même, la jeune fille commençait la lecture d'*Histoire de ma vie*, d'une certaine George Sand, auprès de laquelle elle se sentit aussitôt comprise, entendue…

« En méditant Montaigne dans le jardin d'Ormesson, je m'étais souvent sentie humiliée d'être femme, et j'avoue que dans toute lecture d'enseignement philosophique, même dans les livres saints, cette infériorité morale attribuée à la femme a révolté mon jeune orgueil. [...] j'avais dans l'âme l'enthousiasme du beau, la soif du vrai, et pourtant j'étais bien une femme comme toutes les autres, souffreteuse, nerveuse, dominée par l'imagination, puérilement accessible aux attendrissements et aux inquiétudes de la maternité. Cela devait-il me reléguer à un rang secondaire dans la création et dans la famille ?* »

Elle ne lâcha l'ouvrage qu'au petit matin, lorsqu'il n'y eut plus une seule goutte d'encre à boire. Elle était lavée, et la colère s'était tue. En elle, un ciel neuf découvrait des tranches infinies de bleu. Elle savait que la mer l'attendrait. Ce n'était qu'une question de temps.

Dans ce minuscule hameau des Hautes-Alpes, comme dans toute la vallée, les hivers étaient rudes. Avalanches, routes bloquées, inondations. La neige, lourde et grasse, les condamnait au silence, brisait la moindre tentative d'échapper à l'étau de son corps glacial. L'été, c'était l'eau qui manquait, et les zones où les brebis pouvaient paître se raréfiaient. Pourquoi leurs aïeux avaient-ils décidé de s'installer dans un endroit si escarpé, sur ce bout de terre si peu nourricière ? Personne ne semblait pouvoir l'expliquer. Il paraît qu'autrefois, les choses étaient différentes. Avant la guerre contre la Prusse. Avant la crise économique qui avait sévi deux ans plus tard. Zélie est née en 1880, Jean en 1878. Elle n'a pas connu cet *avant*. Celui que son père évoquait parfois avec Marius lorsque ce dernier restait dîner. Elle avait l'impression de les entendre parler d'un autre monde, et de vivre,

* George Sand, *Histoire de ma vie*, IV, 13, 1855.

elle, dans une époque où tout était condamné d'avance, tandis que les anecdotes qu'ils partageaient de leur enfance prenaient des allures de fruits juteux au goût de miel. Avec le recul, Zélie prend conscience que leur jeunesse n'était sans doute pas si éloignée de la leur, mais qu'elle était riante parce que tous deux savaient, bien mieux qu'eux, faire éclater la lumière et colorer les matins d'automne. Ses frères et elle avaient traversé les jours en apnée, plus concentrés sur ce qui adviendrait que sur ce qui était, obnubilés par la volonté de débusquer ce quelque chose, même infime, qui aurait pu leur affirmer avec certitude que oui, cela allait bien advenir. Que c'était écrit quelque part, dans le livre des rivières souterraines.

Après le départ de ses frères, les mots devinrent leur point d'ancrage, le lien qu'ils entretenaient les uns avec les autres, tendu, d'une rive à l'autre. Ils s'écrivaient environ deux fois par mois, à tour de rôle. Zélie aimait cette correspondance qui insufflait un elle-ne-savait-quoi de piquant dans l'enchaînement immuable des jours.

Si les premiers feuillets de Georges et d'Alfred trahissaient parfois des doutes bien légitimes quant à leur avenir, leurs propos devinrent bientôt plus assurés. Deux ans après leur installation, la foulée de leurs phrases gagnait en amplitude et en souplesse. Les frères avaient acheté leur propre cheptel de brebis. La tonte deux fois l'an leur avait permis de revendre à très bon prix la laine récoltée. Et depuis peu, ils semblaient en passe de concrétiser un projet bien plus audacieux.

– Tu peux répéter? avait demandé Pauline, incrédule, en écoutant son beau-frère lire leur courrier.

Marius s'était alors raclé la gorge, avait répondu à ses grands yeux interrogateurs en hochant la tête. Ses lèvres avaient dessiné une moue qui signifiait : *Je vous l'avais bien dit.*

Ce fut Noël, le père, qui finalement lâcha dans un souffle, abasourdi lui aussi :

– Un hôtel à San Francisco, ça alors...

La ville était devenue en quelques années l'une des plus attrayantes et des plus dynamiques de Californie. Les mains de Pauline se mirent à trembloter, serrées autour de sa tasse de café. Noël rejoignit la fenêtre près du poêle, laissant son regard se perdre en direction des hauts mélèzes, à l'ubac.

– Comment vont-ils faire ? On n'achète pas un hôtel comme ça. Il faut des moyens, des...

– Eh bien, tout porte à croire que vos fistons se les sont donnés, les moyens, répondit Marius en tendant la lettre à sa belle-sœur.

Jean n'était pas encore rentré d'Orcières, où il était parti faire des courses. Les premières neiges ne tarderaient pas, et mieux valait être prévoyant en cette saison. Lorsqu'il réapparut, juste avant la nuit, peut-être perçut-il l'effervescence qui régnait dans la maison. Une tension heureuse, un élan contenu. On le fit asseoir, puis on lui fit lire le fameux courrier, dont on commenta chaque phrase. On fit des suppositions, essayant, du mieux possible, de se projeter, d'anticiper les risques éventuels, d'examiner la faisabilité de l'affaire. Personne ne pouvait rien faire de là où il se trouvait, mais en parler permettait de lutter contre cette impuissance. Quant à savoir à qui il serait possible de confier l'extraordinaire nouvelle, Noël et Marius furent d'avis qu'il était préférable de ne parler de rien avant d'être absolument certains de la tournure heureuse de l'entreprise des *Américains*. Zélie dut promettre, tout comme sa mère, qu'elle garderait le secret jusqu'à nouvel ordre.

– Surtout, tu ne dis rien à mamie, insista Pauline.

Si Zélie savait que cette dernière menait à sa manière une âpre bataille contre sa propre mère, elle devinait toutefois sa déception à l'idée de devoir se taire. Pauline n'aurait eu qu'une envie ce jour-là : ouvrir grand la porte et laisser libre cours à sa joie. Aller de maison en maison, aux Usclas, à Archinard, aux Ratiers, partout où un visage amical, voisin, familier aurait pu faire écho aux bulles pétillantes qu'elle entendait tourbillonner dans sa tête. Mais sans doute, en effet, était-il plus judicieux de garder en eux ces éclats de soleil. De les préserver jusqu'à ce qu'ils fussent hors de portée de l'ombre.

Quant à Zélie et à Jean, fébriles et impatients, ils sentaient leur « évasion » sur le point de devenir réalité. Les événements s'agençaient les uns avec les autres comme s'ils savaient, bien avant eux, quel dessein ils poursuivaient. Leur désir le plus cher était à portée de bonheur… Jusque-là, ils avaient vécu dans une espérance floue, pour ne pas dire inconsistante. Les mots d'Alfred et de Georges charriaient leurs rêves à eux, mais jamais les leurs. À partir de ce soir-là, l'attente serait plus douloureuse qu'auparavant, parce qu'elle avait enfin un nom, un corps et une densité palpables. Mais ses jours étaient comptés.

5

Chaque matin, désormais, Zélie se levait avec une énergie nouvelle, impatiente de voir apparaître son oncle et sa lourde sacoche. Si la lettre de ses frères se faisait désirer, Marius avait trouvé le plus sûr moyen d'éclairer le visage de sa nièce en lui apportant un nouveau livre dès qu'il le pouvait. Une vie, autre que la sienne, à laisser descendre en elle et s'y déployer, une vie à picorer, à déguster, à engloutir parfois. Une promesse de rencontre.

– Tu n'en as donc jamais assez ? lui demandait parfois son père.

Zélie souriait en lui répondant que non, et que son unique certitude quant à son avenir était qu'elle n'aurait jamais assez de livres. Elle riait devant l'air hébété de ce père qui ne comprenait pas pourquoi ses deux derniers enfants partageaient ce besoin maladif d'aller chercher la vie ailleurs quand elle grouillait partout autour d'eux. Il suffisait d'aller dehors, de porter son attention aux bêtes, aux champs, d'empoigner ses outils de bricolage, de marcher dans la montagne pour cueillir des fleurs, des plantes sauvages et des baies. Tout était là, à portée de main, à portée de bouche ou de regard. Quelle drôle d'idée de penser que l'on pouvait trouver de la vie entre les lignes noires de lettres agglutinées. Consacrer du temps à lire, surtout des romans, lui faisait l'effet d'une gifle donnée au monde. Lui, il vivait les yeux grands ouverts, l'oreille attentive, le palais affûté, avec des mains de tendresse tournées vers la terre. Il était un être-racines au feuillage de colosse. Mais il le reconnaissait volontiers, chacun avait sa manière d'être au monde.

– Et si je ne trouve pas la mienne? demanda un jour Zélie, avec une pointe d'inquiétude dans la voix.

Ils marchaient l'un à côté de l'autre en gravière, les vêtements parfumés d'edelweiss, le regard gorgé jusqu'à la lie des mélèzes et des épicéas.

– Je crois que tu l'as déjà trouvée, non? Tu aimes les mots, ils t'habitent et t'animent, comme j'aime le bois que je sculpte, la matière que je travaille. Moi, je crée des objets, j'agence les choses, je conduis les bêtes, je m'efforce de les protéger. Toi, tu traces de nouvelles routes et tu façonnes une autre réalité.

Zélie a souvent repensé à cet échange avec son père, gravé en elle plus sûrement que s'il lui avait offert un de ses objets du « réel ». Elle n'a jamais oublié les mots-lanternes qui l'ont portée plus d'une fois lorsqu'il lui a fallu avancer dans le noir. Seul le timbre de sa voix s'évanouit avec le temps.

L'écriture a toujours fait partie d'elle, sans qu'elle sache pourquoi. Comment naît l'amour? Quelle est l'origine de cette refondation du monde qui jaillit de la rencontre d'un regard, de deux peaux qui se touchent, se frottent l'une à l'autre et se pénètrent?

Tout cela n'a sans doute pas grande importance. C'est ainsi, voilà tout. Les mots coulent en elle plus sûrement que le sang se répand dans ses veines. Certains ont su d'emblée voir cette évidence, et la faire pousser, grandir. Le premier d'entre eux fut son oncle, *leur* facteur, qu'ils concédaient à prêter aux autres, parce qu'il le fallait.

Marius était un oiseau rare, comme le qualifiaient ses propres parents. Le seul de la famille à être « devenu quelqu'un ». Le seul à avoir échappé aux travaux des champs, à la traite des vaches à trois heures du matin, aux heures de solitude gelée. Le seul à ne pas avoir les mains rougies, rugueuses, durcies par une couenne épaisse. Sa vie à lui aussi tournait autour des mots, ceux d'autrui, soigneusement emballés, mis sous pli, serrés les uns contre les autres dans la sacoche qu'il portait fièrement en bandoulière pour parcourir sa trentaine de kilomètres quotidiens. Les siens aussi, mais ça, c'est une autre histoire.

Marius écrivait, mais quoi ? Impossible de lui arracher la moindre confidence à ce sujet, d'apercevoir un début de récit, quelques vers, une correspondance secrète... Leurs tentatives s'étaient toutes soldées par un échec. Même Noël n'avait jamais réussi à le faire parler.

Marius entretenait le mystère le plus total, accompagné par une autre question demeurée sans réponse : d'où lui venaient les centaines et les centaines d'ouvrages qui tapissaient les murs de sa chambre, encombraient sa commode, s'empilaient sur sa table de chevet et venaient même nourrir le lourd buffet qui trônait dans la pièce qui lui servait de cuisine, de salle à manger et de bureau ? On murmurait qu'une comtesse, veuve et sans héritier, les lui aurait offerts pour le remercier de ses services lorsqu'elle venait, jadis, soigner ses infections pulmonaires à Saint-Jean-Saint-Nicolas. Quel crédit donner à cette rumeur? Qui était cette comtesse? Était-ce pour elle qu'il écrivait? En était-il secrètement amoureux? Zélie et ses frères avaient élaboré mille hypothèses sans qu'aucune ne puisse être vérifiée.

Un jour, elle avait pourtant surpris une photo, glissée dans un livre que son oncle avait refermé d'un coup sec, sitôt son intrusion découverte. Au centre du cliché, son oncle et son père, tous deux vêtus comme à l'ordinaire, les bretelles ceintes sur une chemise blanche en coton épais. L'un comme l'autre portait un béret. Le contraste était saisissant avec les deux autres personnages qui se tenaient à leurs côtés. Deux dames, sans doute une mère et sa fille. Cette dernière avait un bras posé sur l'épaule de son oncle, tandis que l'autre pressait contre sa taille un tout petit sac. Elle était d'une élégance folle, le corps moulé dans une veste cintrée et une jupe couleur crème descendant juste au-dessous du genou. Deux rangs de perles venaient compléter sa tenue, pour le moins insolite au beau milieu d'un chemin caillouteux. La femme plus âgée arborait le même regard pétillant. Seul le visage, saillant, dénotait avec la rondeur angélique de celui de la plus jeune. Tous les quatre affichaient un sourire plein, vrai, pas de ceux que l'on prend pour satisfaire le photographe. Non, celui-là était une véritable éclaboussure de vie.

Qui étaient ces deux femmes? Zélie n'a jamais osé le demander à son oncle, ni à son père d'ailleurs. Encore une question sans réponse. Mais tant pis, elle a appris à aimer cette part de mystère en eux, depuis ce jour où Marius était devenu pour elle une sorte de magicien.

Elle devait avoir six ans, et sa mère l'avait chargée de porter à son oncle une part de tourte aux herbes dont il raffolait. L'enfant avait frappé plusieurs fois à la porte mais personne n'avait répondu. Comme elle était entrebâillée, elle s'était faufilée doucement, découvrant son oncle assis dans son fauteuil, absorbé par sa lecture, son chat noir, Poucette, sur les genoux. Zélie l'avait observé de longues minutes, sans qu'il paraisse se rendre compte de sa présence, happé par ce qu'il tenait entre ses mains. Son front, par moments, se plissait ou, tout au contraire, s'étirait. Soudain, il avait éclaté de rire. Comme ça, tout seul. Et ce rire avait tellement résonné en elle qu'elle n'avait pu retenir le sien. Qu'est-ce qui avait bien pu provoquer ça ? Marius avait alors levé vers sa nièce ses pupilles noires, encore scintillantes, avait refermé son livre et lui avait parlé avec un ton solennel qu'elle ne lui connaissait pas. Comme à une grande personne à qui il aurait confié un secret. Quand elle était repartie, elle était convaincue d'une chose : elle aussi, elle voulait apprendre à lire. Elle aussi, elle voulait rire même quand le ciel serait gris. Elle aussi, elle voulait goûter à cette fameuse liberté dont il venait de lui parler, celle de pouvoir déposer son corps quand elle le voudrait, quelque part, au pied de la souche d'un vieil arbre, à côté de la rivière, peu importe… et s'en aller, le cœur et l'âme en bandoulière.

Travailler aux champs et s'occuper des bêtes lui avaient jusqu'alors donné l'impression de faire pousser des racines du haut de son crâne vers les tréfonds de cette terre qui l'avait vue naître. Et elle aimait cette sensation. Elle aimait lui appartenir, sentir son énergie picoter les paumes de ses mains, s'étendre dans ses doigts. Mais lorsqu'elle avait commencé à lire et à écrire, à tracer des mots sur une feuille, tout s'était décuplé. C'était comme si son corps s'ouvrait à d'autres dimensions. Lorsqu'elle tenait une plume et que l'encre s'écoulait sous ses yeux, c'était comme si elle n'était plus elle. Comme si elle était traversée par quelque chose de plus puissant. Cet enivrement ne l'a jamais quittée.

6

LA LETTRE ARRIVA pour le solstice de printemps, le 21 mars 1899. Jean ne prêta d'abord aucune attention à l'enveloppe posée au milieu de la table, petit rectangle blanc adossé au pichet de verre dans lequel se baignait un bouquet de primevères. Il était pressé ce matin-là. Cinq brebis s'étaient égarées. Il fallait les retrouver au plus vite. Les recherches pouvaient être longues. Il valait mieux prévoir un casse-croûte et une gourde d'eau. Ce fut au moment de partir que son regard s'aimanta à l'enveloppe. Qu'il sut de façon instinctive que les mots qu'elle contenait étaient ceux qu'ils attendaient depuis si longtemps. D'où lui venait cette intuition ? Aucune idée, il savait, c'est tout.

Il déboula quelques minutes plus tard dans la chambre de Zélie, le cœur cognant violemment contre ses tempes.

– Ça y est, c'est à nous maintenant !

Elle ne comprit rien sur l'instant, demeura interdite.

Il lui fallut plusieurs minutes avant de prendre conscience que les feuilles froissées, serrées dans la paume de son frère, recelaient ce « oui », tracé d'une main appliquée, qui les délivrait.

C'était insensé. Ils avaient tellement prié pour que ce jour arrive ; pour qu'un matin se lève sur une aube différente, pour qu'il leur murmure que l'aventure était là, prête à les accueillir.

La jeune femme observait Jean. Ses mains tremblaient légèrement. Tout lui semblait soudain étrange : la densité de l'air autour, qui s'épaississait, se comprimait, devenait substance. C'était vertigineux. Les éléments sortaient du cadre, enjambaient le décor du quotidien. Il n'y avait d'ailleurs plus de « quotidien ». Tout cela, c'était bel et bien fini puisqu'ils s'apprêtaient à partir, puisque leurs jours ici étaient comptés.

– L'heure de nous-mêmes a sonné*, déclara Jean.

Ce grand charivari intérieur fit le même effet à sa sœur que le jour où elle était tombée la tête la première dans le torrent, après avoir glissé sur un caillou en essayant de traverser. Sans que l'endroit fût spécialement profond, elle avait perdu l'équilibre et avait plongé dans l'eau glacée. Sa respiration s'était coupée tant le froid l'avait saisie. Ce matin-là, la même chose se produisit : une gifle qui la sonna.

Jean et elle se tenaient désormais au bord du vide, et c'était exaltant.

* Extrait de *La Vie poème* de Marc Alexandre Oho Bambe, éditions Mémoires d'Encrier, 2022.

7

Ils se précipitèrent vers leurs parents, hurlant de joie, criant leur victoire.

– Ça y est, ça y est! ne cessaient-ils de répéter.

Les visages de Pauline et Noël se fermèrent quelques instants, les pupilles plus dilatées, comme pour mieux appréhender la réalité qui se dressait devant eux: au moment où Zélie et Jean accouraient à leur rencontre, leurs enfants avaient déjà le dos tourné vers l'ailleurs. Ils ne voyaient que cet immense paquebot surgir, enfin à quai. Rien ne les retiendrait désormais. Ils partiraient. Quoi qu'il advienne.

C'est du moins ce dont Zélie était persuadée.

Elle ignorait encore que cette journée convoquerait tour à tour l'envie, le désir, la culpabilité, la peur; qu'elle ferait résonner en elle des voix discordantes et impérieuses. Car, quelques heures plus tard, un autre destin se présenta en la personne de l'institutrice, Mlle Derey. En la voyant s'avancer à travers la fenêtre de la cuisine, Zélie pensa qu'elle voulait lui demander à nouveau de l'aide avec ses élèves. Une classe unique, pour tous les enfants du village, n'était jamais une mince affaire. Ces derniers mois, la jeune femme avait pris l'habitude de venir la seconder auprès des plus jeunes. Elle le lui avait proposé un jour où elles avaient évoqué ensemble la fin prochaine de ses « études ».

Si quelqu'un mesurait les difficultés et le cadre de vie étriqué dans lequel ils vivaient tous ici, c'était elle. Mlle Derey était originaire de Charance, un petit hameau au-dessus de Gap. Son père, médecin généraliste installé en ville, avait toujours encouragé sa fille à poursuivre ses études. Sa femme et lui tenaient à ce qu'Élise ait une situation. Très proche des enfants, douce et bienveillante, elle entra à l'École préparatoire pour se consacrer à l'instruction des plus jeunes. Ses anciennes camarades de classe, mariées très vite, et devenues mères tout aussi rapidement, avaient méprisé ce chemin escarpé, où la solitude souvent s'imposait, mais qu'Élise avait choisi. Pendant que les unes s'empâtaient dans une vie sans surprises, la jeune femme étudiait sans relâche. Elle noircissait des pages entières de notes, de citations. Son unique compagnie les soirs d'hiver glacial : les livres. Point de mari, point de cris ou de rires d'enfants dans sa chambrette du premier étage de l'École normale. Une seule sortie autorisée le dimanche. Une vie monacale dépourvue d'offices religieux. Mais elle ne regrettait rien, absolument rien.

L'oncle Marius et Mlle Derey furent les pierres angulaires de la jeunesse de Zélie. Ils incarnaient pour elle le savoir heureux. Ils surent, comme personne, étancher sa soif d'apprendre et la raviver sans cesse.

Elle était entrée dans la classe de Mlle Derey dès le cours préparatoire, admirant cette jeune enseignante au timbre velouté, qui encourageait ses élèves et suscitait en chacun l'envie de se dépasser. Pour elle, c'était très simple : s'instruire était le meilleur et le plus sûr moyen de s'affranchir.

Enfant, Zélie faisait feu de tout bois : histoire, géographie, littérature, sciences. Il lui en fallait toujours plus. Entendre sonner la cloche indiquant la fin de l'école était pour elle un crève-cœur. Elle ne détestait rien tant que d'être privée de la compagnie des livres et de son institutrice préférée. Lorsque son élève acheva son cycle scolaire, Mlle Derey sollicita son aide à l'école, lorsqu'elle en avait le temps, en lui confiant la tâche d'aider les plus fragiles à assimiler leurs leçons, car Zélie savait écouter et faire preuve de patience avec les enfants.

– Et puis, tu aimes transmettre.

C'était vrai, oui, Zélie aimait cela.

Ce matin-là, Mlle Derey vint la trouver pour lui annoncer son départ pour Grenoble. La mère de son fiancé, rongée par un mal obscur, vivait ses dernières semaines. Le mariage venait d'être avancé afin que la mourante pût avoir du moins le soulagement de savoir son fils unique marié. Tout était arrangé pour Zélie, elle n'avait aucun souci à se faire. Les enfants la connaissaient, les parents aussi. La modeste commune d'Orcières n'avait aucune obligation de conserver une école. Mais son maire, M. Guilloux, tenait à ce que les *petits* puissent recevoir une instruction, et n'être pas dévolus qu'aux travaux des champs. Sa parole était engagée : il veillerait à ce que Zélie obtienne son certificat d'aptitude pédagogique. C'était pour elle le début d'une carrière. Reprendre le flambeau, n'était-ce pas merveilleux ?

La jeune femme l'écoutait lui donner tous ces détails comme si elle se tenait derrière un voile de coton. Elle entendait, mais ses paroles lui semblaient si lointaines… On ne pouvait tout de même pas lui apporter ces deux destins à enfourcher le même jour ? On ne pouvait pas lui présenter tout cela sur le même plateau ? C'était insensé.

Déjà bouleversée par la lettre de ses frères, elle l'était d'autant plus devant cette autre perspective, qui, un instant, fit vaciller ses certitudes. Ce poste qu'on lui offrait, n'était-ce pas la promesse d'une vie à la hauteur de ce qu'elle avait toujours souhaité : être indépendante, avoir un métier bien à elle, être considérée et se soustraire à la vie paysanne tout en demeurant auprès des siens ? Tant de voix se disputaient en elle…

Tel un automate, Zélie se leva soudain et demanda à Mlle Derey de bien vouloir l'excuser. Il fallait qu'elle sorte, tout de suite, qu'elle prenne l'air. Qu'elle tente de contenir la peur qu'elle sentait monter le long de sa gorge, incendiant ses poumons.

Quelle que fût sa décision, elle savait qu'elle serait lourde de conséquences. Qu'elle ouvrirait sur deux vies radicalement différentes, sur deux terres que tout opposait. La vue brouillée par des larmes incontrôlables, Zélie s'avança vers le tronc d'arbre mort qui lui servait de banc, sous le tilleul, près de la clôture qui séparait le terrain du reste des champs environnants. Elle plaqua sa main sur sa gorge, serra jusqu'à s'en couper la respiration. Pour la première fois de sa vie, elle était perdue. Et terrorisée. Une peur viscérale de prendre la mauvaise décision.

En vérité, elle sait aujourd'hui qu'il n'y a rien d'intrinsèquement bon ou mauvais dans les choix que l'on fait. Juste quelques pas qui nous engagent sur un sentier en nous éloignant d'un autre. Tandis qu'elle file vers la gare, elle sait aussi que ce n'était pas la peur de l'inconnu qui la freinait alors, mais celle de se montrer trop audacieuse, de rêver trop grand et de finir écrasée par la réalité lorsqu'elle la rattraperait. L'amour qu'elle portait aux livres, aux mots, avait jusque-là nourri sa vie, mais cela ne suffirait pas à la nourrir elle. Qui peut se payer le luxe d'une telle existence ? Ceux pour qui la richesse est le pain quotidien, et peut-être une poignée de courageux, ou de fous, qui font le pari de ce bonheur-là, de cet amour-là. Or, si Zélie était certaine de ne pas appartenir à la première catégorie, elle doutait d'avoir le cran et la confiance nécessaires pour prétendre à la seconde. Elle était une enfant de la terre, et une enfant d'une terre pauvre. Vivre ici exigeait des efforts de chaque instant, un engagement et un dévouement du corps. Ici, il fallait du concret, sa passion ne lui servirait à rien.

Mais ce jour-là, ce 21 mars 1899, Mlle Derey, attendait une réponse. Elle venait d'ouvrir une porte derrière laquelle elle pourrait intégrer la littérature à sa vie de tous les jours. Elle lui offrait les clés d'un avenir qui l'exemptait de suivre les pas de sa mère, de sa grand-mère, d'une vie rivée à cette terre du Champsaur qu'elle aimait tout autant qu'elle la haïssait.

En devenant institutrice, elle pourrait côtoyer les grands auteurs qu'elle vénérait, et les partager avec les écoliers qui lui seraient confiés. Elle leur apprendrait à lire, à écrire, même modestement. Peu d'enfants dans la vallée allaient jusqu'au certificat d'études, et la grande majorité arrêtait l'école bien avant pour travailler à la ferme familiale. Mais sa vie aurait un sens, et une part d'elle en serait probablement satisfaite.

« Probablement. » Cet adverbe, petit caillou en apparence inoffensif, devenait au fil des minutes un rocher de plus en plus gros auquel Zélie se heurtait. La raison voulait qu'elle rentre et annonce qu'elle acceptait la proposition de son institutrice, que c'était un honneur et qu'elle mesurait la chance qui lui était offerte. Mais s'il fallait se montrer honnête, et il le fallait au moment du choix qui allait dessiner les contours de sa vie future, elle ne pourrait pas se contenter d'un « probablement ». Mieux encore, elle refusait de s'en contenter.

Zélie remercia donc Mlle Derey, qui demeura silencieuse lorsqu'elle l'entendit refuser le poste. Pauline avait cessé d'essuyer la table et la regardait aussi, avec un mélange de stupéfaction et de crainte. Mais le léger sourire qui se dessina sur ses lèvres l'encouragea à ne pas ciller. Elle expliqua à son institutrice qu'elle s'apprêtait à rejoindre ses frères aux Amériques, avec Jean. Qu'ils venaient, le matin même, de recevoir une lettre leur annonçant qu'ils avaient réuni suffisamment d'argent pour leur payer la traversée.

Mlle Derey la laissa parler sans l'interrompre, et quelle que fût sa pensée, elle eut l'élégance de n'en rien dire, sinon :

– Je te souhaite très sincèrement d'être heureuse, Zélie.

Elle n'avait pas dit « Je te souhaite de réussir » ou « de t'en sortir ». Non, c'était bien plus simple que ça. Et si la jeune femme ne le perçut pas sur le moment, elle comprit plus tard à quel point cette parole était libératrice.

Il en fut tout autrement en revanche, avec sa grand-mère.

En l'apprenant, Cassandre laissa éclater sa colère. Sa petite-fille était une ingrate, une égoïste. Comment osait-elle refuser ce poste quand le devoir d'une fille était de seconder ses parents et de prendre soin d'eux ?

– De se sacrifier ? avança Zélie.

– Exactement ! Qu'est-ce que tu crois qu'on fait, tous ? Ce qu'on veut ? Eh bien non, ma fille ! C'est une honte, une honte ! Si j'étais ta mère, moi…

Mais sa mère, justement, ne la laissa pas achever :

– Ça suffit. Zélie est suffisamment grande pour choisir ce qui est le mieux pour elle. Il est grand temps que les choses changent.

– *Pffff*, mais ne venez pas vous plaindre plus tard, répliqua l'aïeule dans un rictus qui trahissait son mépris quand l'orgueil boursouflait chacun de ses traits.

– Préoccupe-toi de toi, maman, on se charge de nous-mêmes.

La discussion était close. Zélie était fière de sa mère. Et plus que jamais décidée à voler pour elles deux jusque dans ces terres lointaines qui l'attendaient à présent, et les bras ouverts, espérait-elle.

8

Elle se souvient du matin du départ comme si tout s'était joué hier. Des allées et venues de sa mère, ses pas pressés dans l'escalier, ses bras chargés de linge, de rubans, de savonnettes qu'elle voulait absolument que sa fille emporte. Elle se souvient des mots étranglés dans sa gorge, de l'odeur ronde du tabac que son père fumait et qui stagnait dans la salle à manger. Tout est encore là, à la fois dense et flottant, une rêverie étrange.

Elle mesurait au serrement de son cœur et de sa gorge qu'elle devait profiter de ses parents, de son oncle, des amis venus leur souhaiter bon voyage. Mais la jeune femme ne parvenait pas à se défaire d'une autre urgence : celle d'écrire. Le monde, son monde, était en train de vaciller, de se fendre, et elle tentait de ralentir la chute des parcelles de sa vie qu'elle voyait se désagréger autour d'elle. Dans cet entre-deux qui lui manifestait clairement que tous ses repères allaient voler en éclats, qu'elle ne pourrait plus faire machine arrière ; dans ce temps décompté élancé comme un cheval fou, emportant dans sa fièvre toute son enfance. En écrivant, elle avait l'impression de tenir encore le gouvernail de sa vie.

Ce que son frère et elle s'apprêtaient à faire, elle commençait tout juste à en percevoir les contours. On est fous. On est complètement fous. Tout quitter, comme ça. Partir à l'autre bout du monde. Que vont devenir nos parents ? Les reverrons-nous un jour ? Est-ce qu'on partagera d'autres matins pour se dire qu'on s'aime ? Soudain, elle s'était sentie si minuscule au-dessous de ce rêve qu'elle avait tant voulu voir se réaliser.

Il était là à présent, droit devant elle, déployant ses ailes d'argent. Seulement, elle se demandait si ses ailes n'étaient pas trop lourdes pour elle.

Alors elle ne pouvait pas quitter sa terre natale sans rien faire. Tout serait effacé bientôt. Lorsque Jean et elle seraient partis, ils n'existeraient plus que dans le cœur d'une poignée de personnes. Pour le reste, le tilleul sous lequel elle aimait s'abriter, la fontaine aux notes cristallines, le potager au fond du jardin, tout cela serait indifférent et immuable. Rien de leur être ne laisserait de traces dans ce coin de terre. C'était arrivé pour ses frères, cela se reproduirait avec eux. Naïvement peut-être, elle avait cru, jusqu'ici, qu'ils étaient toujours là, présents dans leur esprit. Mais au moment de partir à son tour, Zélie se demandait ce qu'être présent pouvait vouloir dire. Quelle réalité ces mots recouvraient-ils quand on vit loin depuis des années ? Se rappelait-elle vraiment leurs visages ? Ses frères avaient-ils encore à l'esprit l'agencement de leur lit sous la mansarde ? Se souvenaient-ils que le plat à tartes, celui qui se trouve dans le tiroir de la table, est bosselé par endroits ? Pouvaient-ils convoquer l'odeur et le goût des tourtons en train de frire, retrouver la texture de la purée de pommes de terre, la finesse du feuillet, dont seule leur mère avait le secret ?

Tant de questions l'avaient assaillie ce matin-là. Et autant de doutes. Elle était heureuse, bien sûr. Elle avait une chance incroyable et refusait de se plaindre quand d'autres étaient condamnés à rester ici et à endurer la vie qu'elle avait décidé de fuir. Elle devait donner du sens à ce nouveau déchirement familial, comme le lui avait fait promettre son père.

C'était la première fois qu'ils se séparaient. Personne n'en parlait mais chacun était conscient qu'ils ne se reverraient probablement pas avant des années. S'ils se revoyaient. Avec Jean, ils quittaient le pays pour démarrer une nouvelle vie. Ça n'avait rien à voir avec un petit voyage d'agrément. Certains étaient revenus d'Amérique, mais ils étaient peu nombreux. Et puis, pour quoi reviendraient-ils ? Pour reprendre leur existence là où ils l'avaient quittée ?

Elle était sans doute un peu crédule, mais sur ce point, elle ne se berçait pas d'illusions. Mais, au fond, qui savait de quoi serait fait demain ? Jean affirmait que tant que l'on était en vie, tout était possible. C'était lui qui avait raison, et elle devait arrêter d'écrire la fin de l'histoire avant qu'elle n'ait commencé.

Quelques mois auparavant, elle aurait été bien incapable d'imaginer que tout se précipiterait ainsi. Et il était sans doute préférable de vivre les événements sans les anticiper ; profiter du voyage sans être obnubilée par la suite. Prendre exemple sur son frère. Si fier et si heureux à la perspective de leur traversée. Il ne l'avait jamais accablée avec ses propres tourments, mais elle le soupçonnait d'avoir lui aussi éprouvé une amère déception lorsque Alfred et Georges étaient partis, le laissant derrière eux.

Elle s'est souvent demandé comment se passeraient leurs retrouvailles, comment ils seraient accueillis à San Francisco. Elle espérait profiter de tout ce qui s'offrirait alors à eux d'imprévisible et de découvertes.

9

À LEUR ARRIVÉE à San Francisco, Zélie aperçut Georges qui les attendait sur le quai, silhouette noire parmi tant d'autres. C'était curieux, elle avait imaginé un monde plus coloré. Jean adressa à son frère un grand signe de la main, qu'il sembla ne pas voir. En même temps, ils étaient eux aussi noyés dans le flot des voyageurs. La jeune femme réalisait à peine qu'ils avaient parcouru tant de kilomètres, que ce long périple touchait à sa fin.

Lorsqu'ils étaient arrivés à Ellis Island et qu'il avait fallu patienter deux jours avant d'être autorisés à fouler du pied le sol américain, Zélie avait cru perdre la tête. Comment imaginer un instant que l'on puisse parquer ainsi des êtres humains, les uns sur les autres, dans une telle promiscuité, avec cette odeur âcre, celle de la sueur dégoulinante de peur ?

C'est cela qui a pénétré le plus profondément dans son corps, se dit-elle, en observant à nouveau l'île se découper à l'horizon. La peur et ses tenailles. La peur qui dévore le ventre, s'étend jusque dans la gorge. Être considérée comme une chose vaguement animée, elle ne connaissait pas. Pourtant, c'est à ce rôle qu'on les avait assignés, elle et les autres, en attendant qu'on les autorise à reprendre forme humaine, là-bas, sur la terre espérée mais non promise.

Son frère et elle en avaient croisé, des yeux hagards, des pupilles exorbitées, des masses grasses ou faméliques desquelles s'échappaient parfois de longues plaintes sourdes. Comme beaucoup, elle s'était sentie vaciller. Était-ce cela, l'Amérique ? Des murs froids, des ordres que l'on hurle, des bouches que l'on ouvre, des langues et des paupières que l'on tire sans même regarder celui qui vous fait face ? Une foire aux bestiaux humains, ni plus ni moins. Un lieu écrasant, d'un genre nouveau.

Jean et elle faisaient partie des chanceux : le lot des acceptables. Mais, pas plus que son frère, elle n'oublierait les refoulés : trop faibles, trop vieux, malades ou bancals, les indésirables, les sans-terre.

Le regard de son frère changea durant ces deux jours. Perdu, l'éclat rieur et scintillant de son iris diaphane. Son habituelle limpidité s'était figée en un îlot de glace pourtant saisissant de beauté. C'était là que se situait, pour Jean, le point de bascule, se dit Zélie, fixant toujours l'île, happée malgré elle par les deux cent vingt-cinq tonnes d'acier cristallisant tant de rêves et d'espoir, et fermement ancrées dans le sol de Liberty Island. C'était là, elle en est sûre aujourd'hui, que son frère avait trouvé sa voix.

La même qui lui cria, ce 17 mai 1899 sur le quai de San Francisco :

– Zélie, c'est par ici !

Par ici, au terminus du transcontinental. Et dans les bras, ouverts et timides, de ce grand frère qu'ils retrouvaient, enfin, qui les pressa de questions sur leur voyage, la famille, et se disait impatient de leur faire découvrir leur nouveau chez-eux, leur hôtel.

Zélie eut à peine le temps d'observer les allées et venues des voyageurs, perdue dans le flot des pas qui imprimaient aux siens leur cadence. Très vite, elle comprit que ses deux frères risquaient de la distancer si elle ne se hâtait pas. Elle se hissa sur la pointe des pieds pour vérifier qu'ils étaient encore à portée de regard. Entre eux s'étaient glissés plusieurs voyageurs dont l'imposante stature l'entravait. Elle eut beau essayer de se frayer un chemin, de se contorsionner afin de se faufiler, ce fut peine perdue. Un coup de coude dans les côtes lui fit lâcher un cri étouffé. Elle voulut s'arrêter, n'arrivant plus à respirer, mais rien n'y fit, elle fut poussée vers la sortie par des gestes brusques, des bustes anonymes, comme un sac trop encombrant.

Zélie ne reprit ses esprits qu'une fois à l'extérieur de la gare, stupéfaite de découvrir des rangées de bâtiments aux dimensions spectaculaires, qui se déployaient en longues lignes, aussi loin que son regard put courir devant elle. Chez elle, la hauteur des arbres ne lui avait jamais fait peur. Ni la profondeur des forêts. Ce qu'elle découvrait ici, en revanche, la pétrifia. Elle n'osait plus faire un pas en avant. À gauche, une enfilade de façades monumentales, à l'architecture victorienne ; à droite, des rangées de commerces surmontés de panneaux publicitaires criards. Devant elle, une saignée de fer incisait la chaussée. Georges leur expliqua que c'était pour les Cable Cars. Zélie se rapprocha de lui, cherchant à se protéger de toutes ces images qui lui donnaient le vertige. Georges, qui avait connu le même désarroi quelques années plus tôt, prit sa sœur par l'épaule, tout en poursuivant la description minutieuse de l'hôtel dont ils avaient fait l'acquisition.

Il en parlait avec exaltation, et ses yeux en disaient long sur la fierté qu'il ressentait. Rassurée par la présence de ses frères, Zélie se laissa peu à peu gagner par la curiosité, les écoutant d'une oreille évoquer les différentes transactions, les pourparlers avec un tel ou un tel. Tout cela ne l'intéressait pas. Il y avait trop à voir. Cette vie qui grouillait, se dilatait dans les artères de la ville. Des centaines de chapeaux, comme montés sur des piquets, avaient entamé des pas de danse. Et pourtant, tous lui semblaient minuscules ramenés à la verticalité des bâtiments qui structuraient la ville. On aurait pu croire qu'ici, l'homme avait voulu construire ses propres montagnes. Comme s'il avait besoin de prouver sa supériorité. Elle se demandait si elle allait aimer vivre ici. Tout lui paraissait à la fois extraordinaire et trop grand. La ville semblait n'offrir d'autre alternative que celle de se fondre en elle, d'en épouser les contours. Le discours de Georges confirma cette sensation. Ici, on avance. Ici, on se démène. Pas le temps de se retourner, et encore moins de s'apitoyer. Il faut marcher en cadence.

– Mais c'est exaltant, leur assura-t-il.

Jean se tourna vers sa sœur, et ils échangèrent un bref regard. Ils verraient bien. Après tout, ils étaient venus pour ça. Pour participer à ce Nouveau Monde.

En écoutant Georges leur raconter leur arrivée, les batailles qu'ils avaient dû mener pour « réussir », elle prit conscience que l'oncle Marius avait parfaitement raison. Ses frères aînés avaient ça dans le sang: la victoire.

Lorsqu'ils arrivèrent à la hauteur de l'hôtel, ils reconnurent immédiatement Alfred aux gestes rapides et saccadés qui trahissaient toujours sa nervosité. Il semblait être en pleine discussion avec deux hommes qui lui montraient une page de journal. Lorsqu'il les aperçut, il prit congé dans la seconde pour venir à leur rencontre. À mesure qu'il s'approchait, Zélie redécouvrait son frère : même démarche volontaire qu'avant, même raideur du haut du corps, même regard appuyé, même poigne. Et toujours, cet épi, qu'il tentait chaque matin de discipliner à coups de peigne hargneux. C'était, de tout ce qu'elle pouvait reconnaître de son frère, ce clin d'œil de l'enfance qui la rassura le plus. Georges non plus n'avait guère changé. Une ride seulement, entre les deux sourcils, dessinait comme une virgule sur son visage. Et il avait cerclé ses yeux gris derrière des verres ronds soutenus par une monture métallique fine. La discrétion avait toujours été sa grande affaire.

Des réminiscences de la scène traversent l'esprit de Zélie, empreintes de gestes confus, de mots hésitants, d'instants où l'on ne sait que faire de son corps, comme cette main que l'on voudrait tendre mais que l'on retient et qui finit, dégonflée, tournée vers le sol. Il faut se réapproprier la présence de l'autre, retrouver des marques familières qui comblent le vide des années.

Quatre ans de séparation, ça n'était pas rien. Cela créait un effet d'irréel. Or, il leur fallait le temps de se remettre en route, de laisser la réalité les saisir. Et elle ne tarda pas à les attraper. Car ici, le temps se monnayait, se gagnait, et jamais ne se perdait. Agir était le maître mot. Et le verbe préféré d'Alfred. C'était la clé de la réussite. Se lever avant tout le monde, et se coucher après tout le monde. Il n'y avait pas de secret. Envie ou pas, fatigué ou pas, là n'avait jamais été la question pour Alfred. Et c'était l'une de ses grandes forces. Déterminer l'objectif, établir les actions à mener, et foncer. Jusqu'au bout. Le prix à payer ne serait jamais un sujet de discussion.

Alfred faisait figure de maître, et eux, d'élèves. En arrivant à San Francisco, ni Jean ni Zélie n'avaient le moindre plan de bataille. Des aspirations, oui, mais rien de concret. Ils allaient entamer une nouvelle tranche de vie tous les quatre, voilà tout. Pour le reste, ils s'en remettaient à Alfred qui saurait les guider dans la jungle urbaine américaine.

10

Ce qui la dérouta le plus, dans les premiers temps, ce fut le bruit, omniprésent, s'élevant de la rue, enflant de quartier en quartier, sans trêve ou presque. Ici, plus de fontaine qui chante, plus de coq au lever du jour, plus de clochettes tintant dans l'étable. Quant aux conversations de la forêt, orchestrées par les vents et la brume, elles n'avaient pas leur place dans une ville comme San Francisco. La nature n'avait guère son mot à dire. Ceux des hommes, déterminés à se faire entendre, la recouvraient tout entière.

L'appartement loué par leurs frères donnait sur une ruelle plutôt calme. Pourtant, elle eut d'abord le plus grand mal à trouver le sommeil dans ces lieux inconnus, aux antipodes de tout ce qu'elle avait connu jusqu'alors. Cette ville était une étrangère envahissante. Les réveils lui faisaient l'effet d'un choc, projetant sa conscience dans une réalité nouvelle, et elle se découvrait, stupéfaite, allongée dans un lit inconnu. Il lui fallait quelques instants pour apprivoiser l'idée que sa mère ne serait pas dans la cuisine en descendant l'escalier. Désormais, la fenêtre de sa chambre ne donnait plus sur les mélèzes, mais sur des enfilades de bâtiments, des rangées de maisons, et des gens, partout. De solitude, il n'était plus question. San Francisco bourdonnait en permanence.

L'espace ne manquait pourtant pas : les horizons étaient vastes et se déployaient par-delà les collines, par-delà l'océan. C'était l'espace intérieur qui lui faisait cruellement défaut. Zélie n'avait pas prévu ça, pas du tout. En lisant les récits de ses frères, elle avait imaginé qu'elle se sentirait mille fois plus libre en Amérique qu'en France.

Elle avait tout faux. Même les églises résonnaient des prières des fidèles. Fallait-il donc aussi invoquer Dieu à voix haute, être entendu de tous jusque dans ses plus intimes supplications ?

– Tu t'y feras, lui avait assuré Georges. Ce n'est qu'une question de temps.

Il n'avait pas tort. Mais elle non plus. Bien sûr qu'elle a fini par s'habituer. Comment faire autrement ? Elle n'a pas pour autant accepté.

Le corps encaisse et accuse les coups, mais il ne fait que supporter. Une violence reste une violence. L'absence de silence en est une. L'unique parade qu'elle ait trouvée et qu'elle conserve toujours, où qu'elle soit, lorsqu'elle désire s'isoler, est d'invoquer les mots. Plonger dans l'écriture lui procure la même ivresse que celle d'atteindre les crêtes d'une falaise à flanc de ciel, là où la roche est nue, vraie, comme le souffle et l'âme qui s'y recueillent.

Les mots ne font pas de bruit en venant au monde. Tout juste peut-on distinguer l'effleurement d'une plume sur le papier. Et encore faut-il tendre l'oreille. Ils peuplent le papier sans heurts. Leur apparence inoffensive ne porte pas à la méfiance. Il suffit d'observer quelqu'un en train d'écrire. Le corps ne trahit rien de ce qui se joue, ou si peu. La personne est bien là, on pourrait la toucher si on le voulait, sans comprendre à quel point on se trompe. Sans percevoir que tous les espaces-temps sont ouverts en elle, et que, dès lors, elle échappera toujours à l'ici et maintenant.

Jean partageait cet attrait pour l'écriture, même s'il l'envisageait d'un point de vue différent. Pour lui, écrire tenait de l'urgence. Il fallait dire, dans un étroit corps-à-corps avec le monde, tout ce que celui-ci cherchait à dissimuler. Les lettres étaient autant de crochets qui devaient arracher aux apparences ce qu'elles cachaient de plus nauséabond dans leurs replis. Jean et l'injustice... Le désarroi d'autrui l'atteignait de plein fouet, et avec la même violence que s'il s'était agi de lui.

– Les mots sont des armes, Zélie, tu t'en rendras compte un jour, lui avait-il affirmé lorsqu'ils vivaient encore en France.

Chaque dimanche, avant la messe, il retrouvait Simon, le fiancé éconduit, et ils lisaient ensemble *Le Courrier des Hautes-Alpes*. Zélie aimait accompagner son frère chez les Guilloux. Elle n'y faisait rien de particulier, mais elle était heureuse d'écouter Jean et son ami discuter des articles qu'ils lisaient, commenter une actualité qui lui semblait tellement loin de leurs préoccupations et de leur quotidien. Eux semblaient penser le contraire et passaient tout au crible, comme si ce qu'ils avaient sous les yeux allait d'une manière ou d'une autre ricocher sur eux. Sa préférence à elle allait déjà aux romans, qu'elle dévorait parce qu'ils lui permettaient de vivre des aventures que leur condition d'alors ne pouvait lui offrir. Celle de Jean était tournée vers le monde, surtout ses bas-fonds. Il voulait tout découvrir. Y compris, et surtout, ce qu'il fallait taire : les affres de la pauvreté. Les vies qui parcourent des os sans chair, des cœurs sans tendresse. Des existences qui n'auront jamais de ciel. D'ailleurs, s'ils avaient toujours mangé à leur faim et avaient eu de quoi subsister, il aurait fallu être bien naïf pour ne pas voir que leur propre situation s'était considérablement dégradée en quelques années et que leurs parents peinaient à envisager l'avenir avec confiance.

Après le départ de leurs frères en Californie, Jean avait pris les choses en main en faisant le pari de l'excellence : renforcer la qualité des agneaux qu'ils vendraient à la foire de Charols. Il avait décidé de croiser des béliers charolais avec des femelles mérinos ; un coup de génie qui permit de voir naître des agneaux de trois à quatre kilos, dont la laine et la viande étaient incomparables avec ce que proposaient à l'époque leurs concurrents.

Trois ans plus tard, les revenus tirés des ventes des produits connaissaient une augmentation salutaire. Pourtant, malgré le succès des initiatives de Jean, ils n'avaient toujours pas réuni suffisamment d'argent pour payer l'intégralité de leur voyage jusqu'à San Francisco. Alfred et Georges étaient partis au bon moment, juste avant la découverte de l'or alluvionnaire dans le Klondike, en 1896.

Dès que la nouvelle s'était propagée, elle avait entraîné une vague sans précédent de prospecteurs et aventuriers de tous horizons. Le prix du billet pour la traversée vers l'Amérique avait doublé. Une fois de plus, les espoirs de Jean et Zélie avaient été déçus. Ils avaient cru pouvoir rejoindre leurs frères par leurs propres moyens. Mais il avait fallu encore attendre…

11

Sur le pont, les passagers s'éloignent des rambardes. Le paysage est liquide à présent. L'effervescence du départ retombe, comme les bras, le long des corps. On range les carrés de couleurs dans une poche, on essuie à la hâte les dernières traces humides qui s'attardent sur les joues. Deux enfants, près de Zélie, tentent d'échapper au cercle étroit des longues jupes de leurs mères qui les enserrent. Ils jouent des coudes, bien décidés à profiter de cette nouvelle aire de jeu flottante. Ils s'élancent le long du pont, se faufilent entre des jambes qui vacillent. On entend leur rire qui s'étire comme une traînée de lumière, puis s'évanouit dans le brouhaha des conversations que la jeune femme perçoit de plus en plus nettement. Les mots fusent, entrelacs d'accents et de langues.

Zélie songe en cet instant à Anna, son tout premier lien avec l'Amérique et la langue anglaise. Précieuse Anna, qui fut leur professeure tandis que Jean et elle se désespéraient d'attendre. Anna, rencontrée grâce à l'oncle Marius. Il connaissait tout le monde dans la vallée. Les plus pauvres comme les plus riches. Sa tournée quotidienne le conduisait près de Pont-du-Fossé, où s'était installé un couple arrivé depuis peu de Los Angeles. Le mari y avait fortune dans la blanchisserie. Son épouse, Anna, était américaine, et tentait de s'habituer à vivre loin de l'effervescence urbaine, de trouver dans ce nouvel environnement quelques points de repère. Très vite, on parla d'elle comme de « l'Américaine », avec un mélange de suspicion et de curiosité. Le train de vie du couple, mesuré à l'aune de la précarité des foyers champsaurins, n'était pas pour faire taire les langues jalouses. Auguste avait beau être un enfant du pays, il était parti depuis plus de trente ans. Lorsqu'il revint, plus personne ou presque ne voyait de qui il s'agissait. Nul n'avait grandi avec lui, travaillé avec lui, chassé avec lui. En un mot, il n'était plus l'un des leurs.

Cela ne semblait pas le déranger outre mesure. Il avait Anna et des amis, à Gap, qu'il visitait assez souvent. Cela suffisait à son bonheur. Et puis, rien ne leur interdisait de repartir aux États-Unis. Ils avaient de l'argent. Ils étaient donc libres. Anna, en revanche, se languissait de son pays. Tout lui paraissait minuscule, comme si le monde s'était soudain contracté. Zélie se souvient à quel point elle avait eu du mal, à l'époque, à comprendre ce sentiment. Elle n'avait aucune idée de l'immensité des plaines américaines, de la profondeur des canyons aux flancs crayeux dans lesquels le regard se perd. À présent, elle mesure combien cette pauvre Anna a dû se sentir déroutée. Combien devait lui sembler essentielle sa correspondance avec sa famille, relayée par Marius, dont la silhouette venait dissiper la grisaille de ses jours alpins. Lorsque ce dernier évoqua le départ prochain de ses neveux pour San Francisco, Anna proposa de leur apprendre les rudiments de l'anglais afin qu'ils n'arrivent pas là-bas en terre inconnue. Elle voulait leur épargner ce qu'elle avait enduré.

Il fut convenu que Jean et Zélie se rendraient au chalet des Coquelicots tous les jeudis et dimanches après-midi.

Timides au départ, les deux jeunes gens gagnèrent vite en assurance et furent capables de tenir une petite conversation *in english* au bout de quelques mois.

Anna mettait l'accent sur l'oral. Pour elle, il était essentiel de se faire comprendre. L'écriture viendrait ensuite, d'autant qu'ils ignoraient le temps dont ils disposaient avant de partir : quelques semaines, mois, ou, comme ils le redoutaient, plusieurs années encore ?

En réalité, huit mois s'écoulèrent entre le début de leur apprentissage et leur départ. Ils écrivaient alors avec difficulté, mais les bases acquises étaient solides. Quelques histoires venaient compléter ce bagage invisible. Auguste et Anna les avaient abreuvés d'images et de récits de leur vie à Los Angeles. Parfois, en repartant chez eux, le frère et la sœur poursuivaient la discussion, comme s'ils connaissaient déjà ce coin de la Terre qui abritait leurs rêves. Ils transposaient ce qu'ils entendaient dans leur vie fantasmée à San Francisco, projetaient sur les pages de leur esprit ce qu'ils deviendraient en Californie. Pour Zélie, une seule chose comptait : la fratrie réunie. Elle voulait croire que tous les quatre sauraient conjuguer leurs forces, et que l'hôtel que venaient d'acheter Alfred et Georges serait l'endroit idéal pour que chacun évolue sans faire de l'ombre à l'un ou à l'autre.

Mais en quatre ans, les choses avaient changé. Ils n'étaient plus les adolescents chamailleurs et soudés d'autrefois. Les marques de l'enfance avaient été polies par la nécessité d'endurcir une peau dangereusement tendre. On ne peut guère bâtir une vie à mains nues sans s'écorcher les chairs et se faire de belles entailles. Tout doit s'épaissir. La peau, les muscles, les projets, l'écart entre soi et les autres. Pas le choix. Il faut avancer. Et tracer sa route.

12

—

JEAN AVAIT COMMENCÉ à en parler pendant la traversée, en glissant de discrètes allusions. Préserver sa sœur avait toujours été sa priorité. Mais il devait penser à lui, aussi. Qu'il décide pour lui, même si cela induisait de prendre ses distances.

Les images défilent devant les yeux de Zélie, déformées par endroits par la chorégraphie des vagues percutant la coque du navire, rideau d'écume sur une étendue de nuit.

Elle se demande encore depuis combien de temps son frère savait. Qu'il ne travaillerait pas avec eux, qu'il ne ferait jamais corps avec eux. Qu'il prendrait le risque de la perdre, de les perdre, tous.

Avant qu'ils quittent la France, Jean s'était montré si discret. Bien sûr, ils inventaient ce que serait leur vie là-bas, se prenaient au jeu en prolongeant les heures passées auprès d'Anna et de son mari. Mais il était prématuré d'échafauder des plans précis avant d'avoir posé le pied là-bas, conseillait-il à sa sœur.

Au fond, Zélie savait que son frère voulait autre chose. Qu'avec leurs aînés, ça ne pouvait pas coller. Jean était trop épris de liberté, trop désireux d'apporter sa contribution au monde.

Une contribution incompatible avec la gestion d'un hôtel. Incompatible avec tout ce que projetaient Georges et Alfred.

Évidemment, songe-t-elle, tandis que des bribes de la dernière lettre d'Alfred lui reviennent en tête. Son mépris aussi. « *Voilà ce qu'on gagne à faire le fanfaron. Voilà ce qu'on récolte à se croire au-dessus des autres. Tout ça pour ça. C'était bien la peine.* »

Il n'a jamais rien compris, conclut-elle, une fois de plus. Comme si Jean était de cette espèce-là. Alfred s'était-il jamais donné la peine de lire un des articles de son frère ? Croyait-il vraiment que le dessein de Jean fût de se hisser au-dessus des autres, de lui, quand tout ce qui lui importait était de témoigner, de révéler, de partager ? Était-il à ce point inconcevable pour lui que Jean voulût cheminer seul autrement ? Qu'il portât sur la vie et le monde un autre regard que le sien ?

Non, il fallait que Jean leur ressemble, absolument. Qu'il reste dans le prolongement de ce que Georges et lui avaient initié. Alors, forcément, ils avaient été déçus. Blessés aussi, lorsqu'ils comprirent que leurs plans ne se dérouleraient pas selon leurs vœux.

Jean avait été franc d'entrée de jeu. Les cartes étaient sur la table dès leur premier soir à San Francisco. Il leur était infiniment reconnaissant d'être ici, de les héberger, Zélie et lui. Les projets qu'ils échafaudaient pour l'avenir étaient incroyables et ambitieux.

– À votre image, avait-il ajouté.

Le Guillaume Tell était un très bel établissement, et il les encourageait dans leur entreprise. Mais cela se ferait sans lui. Georges s'était raclé la gorge. Alfred s'était figé sur sa chaise. Le temps avait paru se suspendre de lui-même. N'osant faire un geste, Zélie n'avait eu qu'une peur : qu'une dispute éclatât.

Finalement, Alfred, magnanime, imputa ces propos à la fatigue du voyage. Ce pauvre Jean en avait perdu l'esprit. D'ici quelques jours, il reviendrait à la raison. Pour l'heure, nul besoin de poursuivre cette discussion, ils la reprendraient à tête reposée, lorsqu'il aurait pris ses marques et qu'il se serait remis de son périple. On n'allait tout de même pas gâcher les retrouvailles, cela peinerait profondément leurs parents.

Était-ce cette évocation qui fit retomber la pression ? Toujours est-il que les choses en restèrent là, et que chacun fit de son mieux pour redonner à leur première soirée américaine un climat serein. Georges se garda bien, les jours suivants, d'évoquer le sujet. Il prit au contraire le temps de leur faire visiter la ville, d'appréhender sa géographie, au relief si particulier, et ses différents quartiers : Chinatown, dévolu aux travailleurs chinois venus en masse dans les années 1860 pour participer à la construction du « cheval de fer », Nob Hill et ses fastueuses résidences victoriennes en bois, dans lesquelles s'étaient installés les magnats des chemins de fer et du business, le Golden Gate Park et ses quatre cent douze hectares de verdure, abritant le plus ancien jardin japonais des États-Unis, un conservatoire des fleurs et de nombreux édifices et jardins... Il les fit grimper à bord du Cab, leur fit découvrir l'étendue de la ville depuis Telegraph Hill, l'une des nombreuses collines ceignant la ville. À bonne distance d'Alfred, son frère et sa sœur le découvraient autre : enjoué et ravi de les instruire sur l'histoire de San Francisco et sa situation de capitale économique de la Californie.

Ils avaient toujours connu Georges dans l'ombre de son aîné, rangé à son opinion, n'osant jamais prononcer un mot de trop de peur de le mécontenter. Il en avait développé un tempérament doux, mais une personnalité en retrait, comme s'il ne devait pas exister trop fort. Il avait le droit d'être un rayon, mais pas le soleil. Il pouvait ouvrir un œil mais pas les deux. Zélie se demande encore comment cet étrange lien s'est forgé entre Alfred et lui. Tout le monde avait toujours considéré que c'était ainsi. Il y avait « Georges le bon » et « Alfred la terreur ». « Ils ont trouvé leur équilibre », assurait-on. Zélie n'est pas certaine pour sa part que le terme d'équilibre ait été approprié...

Un matin, alors qu'ils étaient seuls tous les deux, la jeune femme en avait profité pour sonder Georges :

– Tu es vraiment impressionnant, tu as de sacrées connaissances sur la ville !

– C'est gentil. J'espère que je ne vous ai pas assommés. Par moments, j'ai tendance à me laisser emporter.

– Bien au contraire ; c'était fascinant et très instructif ! Je ne te connaissais pas cette curiosité. Tu es d'ordinaire...

– Si fade ? Haha. Tu peux le dire franchement.

– Discret, reprit-elle. Je n'aurais jamais dit une chose pareille.

– Ne t'inquiète pas. On a chacun un rôle à tenir, n'est-ce pas ? Je m'acquitte du mien. On fonctionne comme ça, Alfred et moi. On ne va pas refaire le monde maintenant. De toute façon, il ne comprendrait pas... Et puis, je n'ai pas l'âme d'un révolutionnaire.

– Peut-être, mais je suis sûre qu'un jour, d'une manière ou d'une autre, tu arriveras à faire ta place, et sans décapiter personne, ajouta-t-elle sur un ton qu'elle voulait enjoué. Et quoi qu'en pense Alfred, tu es un sacré bon guide!

– Merci. J'essaie d'apprendre, de comprendre plutôt. En France, je n'avais jamais éprouvé cet appétit. Mais ici...

Ici, les pendules étaient remises à zéro. Tout était à faire, ou presque. La ville était en plein essor, les bras tendus, les yeux vers les sommets des buildings, le corps en mouvement. Et rien ne semblait pouvoir l'arrêter. Les affaires se multipliaient, tout comme les chantiers de construction. Les investisseurs affluaient, les banques étaient de plus en plus nombreuses à implanter leurs succursales. Le port ressemblait à une bouche grande ouverte, avide de nouvelles denrées à se mettre sous la dent.

Après la ruée vers l'or de 1848, elle fut surnommée la « Golden Gate », et accueillit le terminus du premier chemin de fer transcontinental. Son essor démographique impressionnait. La population était passée de quelques centaines d'habitants dans les années 1850 à soixante dix mille, douze ans plus tard. Et depuis, l'agglomération ne faisait qu'enfler.

Au début, Zélie en avait été étourdie parce que dans les débuts, tout est neuf, tout est exaltant. Mais plus les mois passaient, plus les impressionnantes façades des immeubles lui parurent massives et lui donnèrent la sensation d'étouffer. Le flux permanent des citadins, allant et venant en tous sens, entraînés dans une course sans ligne d'arrivée, en décuplait l'effet. Seule la vue de l'océan lui accordait un répit dans le tumulte.

Les souvenirs de leur vie dans les Hautes-Alpes refaisaient alors surface. Cela lui faisait mal, et en même temps, elle avait besoin de s'abandonner à ces images pour retrouver la profondeur des rides sur le visage de son père, l'odeur échappée du poêle sur lequel cuisaient les pommes de terre, le craquement des marches de l'escalier qui menaient aux chambres, le lourd verrou qu'elle avait tant de mal à actionner pour ouvrir la porte de l'étable, le chuintement râpeux de la meule, dans l'établi, lorsque son père aiguisait ses couteaux de chasse.

Elle avait besoin de ça, de projeter ces instants sur les murs sans visage de sa chambre, de rendre palpables ces petits riens qui avaient fait sa vie, et qui, seuls, avaient le pouvoir d'apaiser le chaos autour d'elle, en elle.

Peut-on être malheureux d'une situation que l'on a ardemment désirée ?

À la douleur de l'absence de ses êtres chers, de tout ce qui avait constitué son existence vingt ans durant, s'ajoutait celle de devoir la contenir le plus possible, la taire jusqu'à ce qu'elle devienne imperceptible.

Parfois, dans la journée, elle essayait de deviner lequel d'entre eux jouait le mieux la comédie. Elle observait alors un léger voile dans le regard de Jean, un sourire triste se dessiner sur les lèvres de Georges, la main d'Alfred passée à la hâte dans ses cheveux, comme un aveu du souci qu'il se faisait, et qui lui révélait que tous, de temps à autre, avaient le mal du pays. Elle aurait pu leur poser la question, mais elle ne s'y sentait pas autorisée. Zélie redoutait de dévoiler leurs failles, de les désarçonner alors qu'ils livraient tous la même bataille intérieure.

Ils avaient choisi d'être là. Cette vie en Californie, ils l'avaient voulue, s'étaient battus pour l'obtenir. Comment, dès lors, auraient-ils pu regretter quoi que ce soit ? En avaient-ils seulement le droit ?

Se lamenter ne ferait pas avancer les choses. Sans doute était-ce cela que lui transmettaient ses frères par leur placidité apparente, par leur obstination silencieuse à fendre les jours avec détermination.

13

Rapidement, Jean et sa sœur devinrent, en apparence du moins, de parfaits Américains. Ils se fondirent vite dans la masse, ce qui leur fit gagner un temps précieux. Jean avait pris l'habitude d'arpenter la ville de long en large chaque après-midi, ne retrouvant ses frères et Zélie qu'à la nuit tombée. Il voulait se familiariser avec elle, la connaître de l'intérieur.

– On ne peut pas évoluer dans un cadre qui nous est inconnu, Zélie. Descendre sur le terrain est la première chose à faire, en toutes circonstances.

Et le terrain, il le fit sien avec une aisance qui déconcertait sa sœur, apprenant à se repérer dans chaque quartier, nouant des liens avec les commerçants, les dockers, les conducteurs du Cable. Son visage avenant, son ouverture d'esprit, sa sincérité séduisaient sans effort. Des qualités qui n'échappèrent pas à Alfred qui se mit en tête de lui proposer l'accueil des voyageurs. La plupart des clients logeaient à l'hôtel pour plusieurs nuits, et certains, même, louaient une chambre au mois. Presque tous venaient ici pour leurs affaires, espérant pouvoir ensuite s'installer en ville.

Alfred semblait avoir complètement oublié les paroles de Jean. Pourtant, sa réponse ce jour-là fut la même : non, il ne travaillerait pas au Guillaume Tell. Il l'avait répété avec calme, comme on énonce une évidence. La réaction de l'aîné ne se fit pas attendre. Alors comme ça, Monsieur Jean refusait d'aider ses frères. Il se croyait donc supérieur aux autres. Il pensait qu'il suffisait de prendre leur pognon, de venir ici, et de passer ensuite son temps à se balader en ville. Monsieur Jean pensait qu'il n'avait de comptes à rendre à personne. Qu'eux, les aînés, étaient là pour s'esquinter à la place des autres. Qu'ils accepteraient de bosser pour lui. Comment osait-il se comporter de la sorte ? Comment osait-il se montrer aussi ingrat ? Est-ce qu'il avait la plus petite idée de ce qu'ils avaient enduré, eux, en débarquant en Amérique ? De tous les sacrifices auxquels ils avaient consenti pour les faire venir jusqu'ici ? Qu'est-ce qu'il croyait ? Que la vie, c'était de faire ce que l'on veut ? C'était de partir le matin sans se soucier de rien ? Eh bien, non, ça ne marchait pas comme ça, et lui, Alfred, était là pour le lui rappeler. Chacun a des devoirs, des responsabilités, et il fallait qu'il arrête de les fuir.

– Je ne fuis rien, lui répondit Jean. Je te dis juste que je ne travaillerai pas à l'hôtel avec vous. Ce n'est pas ma place, et tu le sais très bien.

– Et elle est où ta place ? Vas-y, je suis impatient de l'entendre.

– Je l'ignore encore. Mais je vais trouver.

– Alors tu peux prendre tes cliques et tes claques sur-le-champ. Il est hors de question que je continue d'héberger un fainéant. Papa et maman seront bien déçus lorsqu'ils l'apprendront.

– Laisse papa et maman en dehors de ça. Je suis désolé que tu le prennes comme ça, Alfred, mais je n'ai jamais dit que je ne voulais pas travailler, j'ai dit que je voulais le faire ailleurs que dans un hôtel.

– Je ne comprends pas, ajouta Georges, on ne te demande pas grand-chose quand même. Vous arrivez, Zélie et toi, on vous sert tout sur un plateau : vous avez une chambre propre, de quoi manger à votre faim. Nous avons un appartement confortable, même si ce n'est pas le grand luxe. En échange, il faut donner un petit coup de main à l'hôtel, rester solidaires, le temps que l'affaire démarre, et toi, tu refuses en prétextant simplement que ce n'est pas ta place ? C'est un peu facile, Jean.

Zélie pensa cette fois-ci qu'en effet, son frère exagérait. Puisqu'il n'avait rien de mieux à faire à ce moment-là, pourquoi refusait-il obstinément de les aider ?

Elle découvrait un visage méconnu de ce frère qu'elle admirait plus que tout. Un frère buté, qui préféra faire sa valise sans plus attendre, les quittant avec un air résolu mais confiant qu'elle ne lui avait jamais vu.

Jean disparut pendant dix jours avant d'écrire à sa sœur. Il l'informait qu'il avait trouvé un petit appartement à louer près du port, et un job. Lequel ? Il n'en disait pas plus. « *Si un jour tu veux passer me voir*, écrivait-il à la fin de sa lettre, *tu sais maintenant où j'habite.* »

14

L'APPARTEMENT DE JEAN était simple, fonctionnel, et donnait sur l'océan. Il se composait d'une chambre, d'un cabinet de toilette, d'une table avec deux chaises, d'une cuisinière et d'un évier où languissaient plusieurs verres. Aucune nourriture en vue, mais l'odeur du café était partout.

Lorsqu'il aperçut Zélie sur le seuil, un large sourire éclaira son visage. Il ouvrit, sans même y penser, ses bras dans lesquels sa sœur vint se réfugier, avec cette sensation qu'elle retrouvait enfin son frère.

Il rangea à la va-vite les affaires qui traînaient et sortit deux verres qui feraient office de tasse à café.

– Excuse-moi, je vis dans un tel désordre !

– Des livres et des journaux partout, ce n'est pas ce que j'appellerais du désordre, lui répondit-elle amusée. Et puis, ça a toujours été le cas, non ?

Jean se mit à rire, traversé par les images de sa chambre des Audiberts, dans laquelle il entassait les numéros du *Courrier des Hautes-Alpes*, les classant par ordre de parution. Simon les lui gardait après que son père les avait lus.

– Tu as repris tes bonnes vieilles habitudes, fit remarquer sa sœur, avant d'apercevoir une forme noire rectangulaire, compacte, à demi dissimulée sous un fatras de feuilles volantes. Qu'est-ce que tu... ?

– Ah, ça? fit-il en s'emparant de l'objet en question. C'est une machine à écrire.

– Je vois bien, mais comment as-tu fait pour... ?

La jeune femme était stupéfaite. Jean prit la machine, une Underwood flambant neuve, et la posa sur la table, à la lumière du jour. Zélie écarquilla les yeux, effleura de ses doigts tremblotants le contour de ce qui était pour elle un trésor, appuyant avec fébrilité sur les touches légères, arrondies, parfaites, se dit-elle en sentant son cœur cogner fort dans sa poitrine.

– C'est mon patron qui me la prête.

– Ton patron?

Jean lui expliqua alors la véritable raison pour laquelle il les avait « lâchés ». À force de fouiner dans les entrailles de la ville, de discuter avec les uns et les autres, il avait fini par accumuler un matériau incroyable sur la vie des gens ici, ceux nouvellement débarqués comme ceux installés en Californie depuis plusieurs décennies.

– Depuis qu'on est arrivés, j'écris tous les soirs. Je note ce qu'il me reste des histoires qu'on m'a racontées au cours de la journée et qui me semblent dignes d'intérêt. Petit à petit, j'ai compulsé plusieurs dizaines de portraits, et il y a trois mois environ, juste avant la Toussaint, j'en ai envoyé certains au journal *Le Franco-Californien*, juste pour voir. Je me suis dit qu'en attendant de maîtriser complètement notre nouvelle langue, je pourrais continuer d'aiguiser ma plume française...

– C'est tout toi, ça ! Quand tu as quelque chose en tête…

– Peut-être, oui, mais en tout cas, ça a fonctionné. Je peux maintenant te l'annoncer officiellement : je suis journaliste pour *Le Franco-Californien*, ma chère sœur !

– Oh, Jean, comme je suis heureuse pour toi !

Jamais Zélie n'avait douté du talent de son frère, mais qu'il ait pu réussir si rapidement la laissait incrédule.

– Pourquoi ne nous as-tu rien dit ?

– Zélie, entre nous, tu crois vraiment qu'Alfred et Georges m'auraient soutenu et encouragé ? Et puis, rien n'était encore arrêté quand tout ça s'est passé, je venais de déposer mes textes et je n'avais aucune garantie… Tu me diras peut-être que je suis trop orgueilleux, mais je n'avais pas envie de vous en parler si c'était pour me couvrir de honte en essuyant un refus.

Jean avoua à sa sœur qu'il avait eu peur. Peur de se laisser porter par le courant, peur de se laisser happer par un quotidien qui l'aurait éloigné de ses véritables aspirations.

– Tu sais, ce qu'on a réussi à faire, en venant ici, ça n'est pas rien quand même…

– Oui, c'est vrai, admit-elle en tournant son regard vers la fenêtre.

– On a envoyé valser tous nos repères, alors si j'avais commencé à travailler avec vous à l'hôtel, je ne suis pas sûr que j'aurais eu le cran d'en sortir. Je parle du confort et du cadre que cela offre. Peut-être que j'aurais préféré la facilité.

– Et c'est tout ce que tu exècres, n'est-ce pas ?

– Exactement. Papa dit toujours qu'il faut battre le fer tant qu'il est encore chaud. Si je m'étais posé, c'était fichu. Du moins, c'est l'intuition que j'avais.

Jean revint pour la première fois sur la façon dont il avait vécu leurs derniers mois en France. Zélie, obnubilée par sa frustration grandissante, n'avait pas eu le courage, ou l'espace mental nécessaire, pour accueillir et accompagner les batailles que menait aussi son frère. Elle apprit ce jour-là que le maire d'Orcières, à plusieurs reprises, lui avait proposé de l'aider à s'établir et de le soutenir s'il embrassait une carrière politique. Sa jeunesse, ses idées novatrices, sa capacité de travail et d'analyse n'avaient pas échappé au Patriarche, comme on l'appelait. Il avait des amis, à Grenoble, chez qui Jean pourrait faire ses armes. Il n'avait qu'un mot à dire pour enclencher la machine.

Ainsi donc, Jean avait également dû choisir entre un avenir prometteur en France et un autre en point d'interrogation en Amérique.

– Qu'est-ce qui t'a décidé ? lui demanda Zélie.

– Je dirais plutôt « qui ». Si tu veux tout savoir, c'est notre ami Balzac et ses *Illusions perdues*.

Zélie avait lu ce roman juste après Jean. Marius le lui avait offert quand il avait compris l'intérêt que son neveu portait à la profession de journaliste. Selon lui, s'il persistait après la lecture de ce livre, c'est que rien ne pourrait le détourner de cette « maladie ». Balzac n'était pas tendre envers la presse, qu'il dépeignait gangrenée par la corruption et le vice, auxquels son héros, le jeune Lucien de Rubempré, n'échapperait pas.

– Je ferai peut-être coup double, avait ironisé leur oncle en remettant l'ouvrage entre les mains de Jean.

Zélie avait complètement oublié cette histoire !

– Après tout, si Balzac a écrit l'histoire de Lucien et Maupassant, celle de Georges Duroy, il faut bien que quelqu'un s'occupe de celle de Jean Bonnabel en Californie, non ?

C'était du Jean tout craché… Cette obstination silencieuse, cette façon d'habiter la vie en s'intéressant d'abord à l'autre, sans rien brusquer mais avec volonté et persévérance.

Ainsi, il avait fait le pari de l'audace. Et les choses semblaient désormais bien engagées. En ce qui concernait Zélie, elle devait bien avouer qu'elle n'avait nourri aucune perspective, sinon celle de retrouver ses frères, l'hôtel, les clients et leurs exigences.

Elle eut toutes les peines du monde à se composer un sourire qu'elle espérait le moins résigné possible.

15

—

DÉCEMBRE 1899.

Jean avait raison. On se laisse très vite, trop vite, happer par des habitudes, par un quotidien aux frontières rassurantes. Ils étaient en Amérique depuis sept mois, et où en était-elle ? Avait-elle trouvé ici l'ambition qui lui faisait défaut en France ? Avait-elle une vie à faire pâlir celle qui la voulait institutrice ? Qu'était-elle devenue qu'elle n'ait été à son arrivée ? Quels projets avait-elle réalisés ?

Aucun. Le vide. C'était tout ce qu'elle pouvait recueillir au creux de ses paumes. Il fallait bien le reconnaître, elle n'avait strictement rien fait. Enfin, si, d'une certaine manière : elle aidait ses frères à l'hôtel. Elle était désormais une parfaite femme de chambre et une agréable réceptionniste. Elle avait considérablement amélioré son anglais et pouvait tenir sans difficulté une conversation avec des Américains.

Elle faisait en définitive ce qu'elle aurait fait si elle était restée dans le Champsaur, et ce pour quoi elle avait fui : donner son temps aux autres. Être là pour épauler, renseigner, servir, ranger, nettoyer, accueillir, veiller à satisfaire les besoins, les désirs d'autrui, allant même jusqu'à les anticiper. Aujourd'hui, une certitude grandissait : celle de s'être oubliée sur le bord de la route. En même temps, il aurait été bien malvenu de sa part de refuser de travailler avec ses frères.

Elle ne possédait ni l'intransigeance ni la sérénité de Jean, celles-là mêmes qui lui avaient insufflé la certitude qu'il suffit d'aller vers ce qui vous fait vibrer pour que votre vie s'aligne sur vos désirs. Elle aimait l'écriture autant que son frère, mais elle revêtait encore pour elle, à cette époque, un caractère intime qui réclamait la solitude et un face-à-face avec les mots, interdisant l'intrusion de qui que ce soit. Il fallait que cela se tienne dans le secret, que les phrases tracées dans son carnet le fussent à l'abri des regards indiscrets. En un mot, il ne fallait pas que l'on pût la voir écrire. Et puis, « écrire, ça ne sert à rien, ça ne vous fera jamais manger », les avait avertis leur grand-mère.

– Si tu lisais Zola ou Hugo, tu ne tiendrais pas le même discours, s'était récrié Jean. Et sache que je veux faire comme eux, que je veux remettre les gens debout, et dénoncer ceux qui les maintiennent à terre. Tu peux bien penser ce que tu veux, je m'en moque.

En l'écoutant parler, Zélie pouvait presque voir les mots de son frère s'agiter et brandir leur étendard. Jean s'enflammait rarement ainsi. Sortir de sa réserve n'était pas habituel, mais ce jour-là, il n'avait plus cherché à contenir sa colère vis-à-vis de leur grand-mère. Cassandre n'avait jamais été tendre avec les projets de son petit-fils, pas plus qu'avec ceux de Zélie. Et cette dernière savait que Jean ne lâcherait rien ; quelle que soit la profondeur de l'entaille qu'elle lui avait faite au cœur. Sans doute l'acharnement à rabaisser ses ambitions avait-il renforcé sa détermination à fuir cette existence qui le condamnait à devenir tout sauf lui-même.

Jean venait de prendre une belle revanche. Restait à savoir ce que Zélie pouvait faire, à son tour, de cette existence. Poursuivre sur sa lancée, s'investir davantage dans l'entreprise de ses frères, ou oser suivre les pas de Jean et tenter d'emprunter une autre voie ?

Elle devait, quoi qu'il en soit, se montrer plus attentive à son environnement, tendre l'oreille, et se méfier des habitudes qui l'engourdissaient.

Pour commencer, elle s'imposa d'écrire chaque jour. Toujours cachée, toujours le soir, ou le matin très tôt. Ainsi, personne ne viendrait le lui reprocher, elle n'empiétait pas sur ses tâches quotidiennes. Elle rognait seulement sur ses heures de sommeil, et cela ne regardait qu'elle. Certains après-midi aussi, lorsque Alfred lui demandait de rester à la réception, souvent déserte à ces heures-là. Elle sortait en douce son petit carnet noir pour y consigner quelques réflexions, à la va-vite, mais c'était toujours ça de pris. Les pages devenaient un espace de questionnement, des instants volés au rythme des journées.

Avait-elle remarqué une dame à l'allure particulière ? Surpris des bribes de conversations murmurées ? Exploré un nouvel endroit dans la ville qui lui avait plu ? Elle le transcrivait, chaque petit tableau succédant au précédent, mêlant croquis, portraits, descriptions. Elle ne voulait plus se contenter d'être traversée par les choses, les êtres, les événements. C'est ainsi que tout s'échappe, pense-t-elle encore aujourd'hui.

Et puis, elle se rendait compte aussi, avec un certain malaise, que les souvenirs de son autre vie, là-bas, en France, s'étiolaient, qu'ils devenaient plus difficiles à convoquer, comme pris dans une sorte de brouillard. Elle tenta d'abord de se rassurer. Rien n'était plus normal. Son esprit était accaparé par sa nouvelle vie, par tout ce qu'il y avait à découvrir, à faire... Les images reviendraient, intactes, quand il serait apaisé. Mais force fut de constater que rien ne revint. À la fin de l'année, alors qu'elle s'apprêtait à célébrer sa toute première Saint-Sylvestre avec ses frères, elle dut se faire une raison : ses années d'enfance, d'adolescence, la ferme des Audiberts, le visage de leurs parents, et même celui de la grand-mère, qui la terrorisait pourtant, s'éloignaient, jusqu'à devenir évanescents. Or, elle refusait de les laisser partir. C'était impossible. Il fallait qu'elle les retienne, contre leur gré, contre elle-même. Les écrire, par touches successives. Lorsqu'elle était à l'hôtel, elle se concentrait sur sa vie américaine, mais le soir, une fois dans le secret de sa chambre, elle retournait à celle qu'elle avait laissée, en France.

C'est au cours de l'une de ses « balades » dans les forêts du Champsaur qu'elle fut véritablement saisie par le pouvoir des mots. Par la possibilité qu'ils lui offraient non seulement de se rappeler, de voir à nouveau, mais aussi de sentir, d'être littéralement pénétrée par l'odeur des sous-bois, par la caresse des coussins de mousse, par l'éveil de leur vallée les matins d'hiver. Elle n'avait pas seulement les images, elle avait tout. Elle y était. Comme avant. Et ça, c'était extraordinaire. C'était même si puissant que cela lui faisait peur. Il lui semblait que quelque chose enflait en elle, comme les vagues, parfois tempétueuses, qu'ils avaient vues se soulever en mer, durant la traversée. Cela montait, montait, menaçant de la submerger, et puis tout s'écoulait hors d'elle, passant à travers l'encre, se répandant sur le papier qu'elle noircissait de façon frénétique, comme saisie par une impérieuse nécessité.

Jean et elle fonctionnaient en miroir inversé : lui utilisait l'écriture pour aspirer le tumulte du monde, tandis qu'elle se déversait en lui par les mots. Lui le sculptait, d'une certaine façon. Et Zélie ne l'en admirait que plus. Elle l'imaginait derrière sa machine à écrire, tapant à un rythme effréné ses articles et les portraits qu'il croquait chaque jour d'une personnalité publique, ou des travailleurs immigrés et précaires qui lui confiaient volontiers leurs espoirs comme leurs craintes de devoir tout recommencer ici, quoi qu'il leur en coûtât.

Jean s'était très vite intéressé aux immigrés asiatiques, chinois notamment, arrivés en masse dès le milieu du XIXe siècle pour participer à la première ruée vers l'or californien, puis à la construction du chemin de fer qui avait permis de relier les deux extrémités du pays, depuis New York, jusqu'à Los Angeles, en huit jours à peine.

Si le pays leur ouvrait largement les bras pour les faire trimer, pour le reste, il ne leur fallait attendre aucune reconnaissance ni considération. Leur devoir : travailler vite et bien. Leur droit : faire avec ce qu'on voulait bien leur accorder, c'est-à-dire rien, ou presque.

Or, ce « rien, ou presque » était loin de convenir à Jean.

16

—

Mars 1900.

Jean, contre l'avis de Walter Grant, son rédacteur en chef, avait décidé de se rendre à Chinatown afin de recueillir des témoignages de Chinois nés sur le sol américain aussi bien que ceux de nouveaux arrivants. Attablés chez lui autour du café qu'ils avaient pris l'habitude de partager dès que Zélie pouvait se libérer de ses fonctions à l'hôtel, Jean et sa sœur discutaient ce matin-là de son travail, des projets d'articles qui lui tenaient à cœur, et des réticences de son patron concernant les papiers qu'il voulait écrire. Il ignorait s'il aurait suffisamment de matière pour proposer un reportage ou une série de portraits insolites, mais s'il n'y allait pas, il ne saurait jamais ce qu'il se passait réellement dans ce quartier.

– Pourquoi ton chef n'est pas d'accord ? Je trouve que c'est une bonne idée au contraire. Finalement, on ne connaît pas grand-chose de ces gens, avança Zélie.

– C'est parce que la population asiatique n'a pas bonne presse auprès d'une grande majorité des Américains, et que

Walter n'a pas envie de mettre de l'huile sur le feu. Il considère que la situation est déjà suffisamment explosive comme ça.

– À ce point ?

– Tu n'as jamais entendu parler de certaines mesures comme cette loi sur l'exclusion des Chinois ?

Elle dut admettre que non. Il faut dire qu'ils étaient là depuis moins d'un an, et que, jusqu'ici, elle avait davantage été préoccupée par son propre sort que par celui des autres, toutes nationalités confondues. Mais ce que lui raconta son frère la glaça.

Depuis 1882, la population chinoise était, entre autres, visée par une loi fédérale d'exclusion, le *Chinese Exclusion Act*, qu'avait fait voter le président Chester A. Arthur, durcie dix ans plus tard par la loi Geary, laquelle permettait aux autorités, partout dans le pays, d'expulser tout ressortissant chinois ayant été contrôlé sans ses papiers. Et cela, sans autre forme de procès.

En 1848, une vague d'immigrés chinois avait déferlé en Californie, la plupart en provenance de la province du Guangdong. Ils venaient travailler dans les mines, mais aussi sur le chantier du chemin de fer transcontinental. Leur pays était très instable depuis le début du siècle en raison des insurrections paysannes, des guerres de l'opium, et du traité de Nankin, surtout, qui avait mis la Chine à genoux et ruiné la population.

– Je te passe la révolte des Taiping, mais on ne peut pas dire qu'ils aient été épargnés… Une fois que la ruée vers l'or s'est tarie, et que le chemin de fer a été construit, ces immigrés se sont trouvés en concurrence directe avec ceux venus d'outre-Atlantique, et là, forcément, les *coolies*, comme on les surnomme, sont devenus de trop. Ils ont été chassés dès qu'on n'a plus eu besoin d'eux. On les a taxés avec des impôts spéciaux, on les a réduits à l'état de sous-citoyen, en leur interdisant de témoigner contre les Blancs devant les tribunaux californiens. Pillages, incendies criminels, agressions… Si tu savais tout ce que j'ai appris en enquêtant sur le sujet, c'est à peine croyable.

– Comment as-tu fait pour obtenir toutes ces informations en si peu de temps ? demanda Zélie, admirative devant l'étendue de ses connaissances.

– Eh bien, j'ai fureté partout, interrogé des gens, consulté des journaux d'époque pour remonter à la source des « hostilités ». Et j'ai même obtenu des explications du boss lui-même. Je te raconterai. Dans la presse, je n'ai quasiment trouvé que des colonnes d'injures et des papiers chargeant les Asiatiques de tous les maux. Regarde, jette un coup d'œil aux caricatures que j'ai dégotées, lui dit-il en lui tendant plusieurs illustrations.

Ce qu'elle découvrit se passait de commentaires : là, un ouvrier chinois représenté sous la forme d'une pieuvre dont chaque tentacule s'emparait d'un outil de travail, animal corvéable à souhait*. Là, une sorte de cow-boy tirant à lui un Chinois par sa longue natte, un fouet dans l'autre main, prêt à tomber sur sa victime. Là encore, un politicien juché sur le haut d'un podium, virant, à coups de pied, un Chinois à sa droite, tandis qu'un Européen, à gauche, s'apprêtait à le rejoindre triomphalement…

Zélie était atterrée. Jean poursuivit son récit en lui donnant à lire les propos tenus par un certain Andrew Jackson King, rédacteur en chef dans les années 1865 du *Los Angeles News***, qui taxait les Chinois « d'aliens, inférieurs, une race idolâtre ».

* « Que faire de nos jeunes ? », caricature de George Keller, 1882.

** Journal dont il fut l'un des propriétaires et qu'il dirigea de 1865 à 1870.

Selon lui, ils étaient « une malédiction pour notre pays et une tache odieuse sur notre civilisation ». La jeune femme n'arrivait pas à croire à ce qu'elle avait sous les yeux…

– Et c'est sans compter les lynchages orchestrés par des groupes comme le Ku Klux Klan, les violences comme celles qui se sont produites à Los Angeles en octobre 1871, qui ont fait dix-neuf morts, les humiliations quotidiennes. Je sais qu'ils ne sont pas les seuls, que toutes les minorités, comme on les nomme, subissent le même traitement : les tribus autochtones, les Noirs américains, les Japonais, les Mexicains, et j'en passe… En fin de compte, les Blancs se sont arrogé la suprématie partout dans le monde, jouant aux cartes le sort des autres pays, condamnant les populations à n'être que des pions interchangeables sur un échiquier. Quand ce ne sont pas les pauvres et les plus démunis qui font office de chair à usine ou à canon, ce sont des peuples entiers que l'on maltraite, que l'on cherche à réduire en esclavage. Et tout ça pour quoi ? Pour le pouvoir et l'argent. C'est pathétique. Et franchement, ça me dégoûte. Mais tu veux que je te dise ? Je ne renoncerai pas à dénoncer tout ça. Même si ça ne change rien, je continuerai, sans relâche, à traquer ceux qui se croient tout permis.

Zélie avait l'impression que son frère s'apprêtait à entrer en guerre ; une guerre qui n'en finirait jamais, tant l'ennemi, face à lui, était immense.

– Demain, poursuivit-il, je retourne à Chinatown pour recueillir un maximum de témoignages, et je prendrai le temps nécessaire. S'il existe une toute petite chance pour que les choses bougent, je crois que c'est uniquement par ce biais-là. Les faits, au fond, ne préoccupent jamais personne bien longtemps.

Chacun sa vie, chacun ses galères. Il n'y a que les émotions qui peuvent fendre l'armure. Et sur ce point-là, Zélie, c'est toi qui as raison.

Elle se demandait tout de même comment Jean comptait s'y prendre, sachant que les échanges risquaient d'être limités à cause de la barrière de la langue. Mais il avait tout prévu, lui assura-t-il. Une jeune Chinoise du nom de Zhang Lin l'accompagnerait. Elle vivait chez monsieur Grant, son patron, depuis plusieurs années. Sa fille Elisabeth et elle étaient comme des sœurs. Zhang Lin était la fille d'un diplomate chinois. C'est tout ce que Jean en savait à ce moment-là. Elle serait sa traductrice, et lui permettrait certainement d'obtenir plus facilement des confidences.

Ils étaient loin d'imaginer que ce reportage viendrait bousculer leur vie à une vitesse vertigineuse, se dit Zélie, plongée dans ces souvenirs comme s'ils avaient eu lieu la veille.

17

—

Le 6 mars 1900, un homme d'origine asiatique trouva la mort dans des circonstances douteuses. Son corps fut découvert gisant au pied de l'hôtel du Globe. Il s'appelait Wong Chut King, et habitait le quartier de Chinatown.

Les conclusions de l'autopsie pratiquée par le docteur Kinyoun firent l'effet d'une bombe. Elle révéla la présence dans le corps de la victime de la bactérie *Yersinia pestis*.

Ainsi donc, celui qui ne devait être qu'une malheureuse victime anonyme devint du jour au lendemain le centre de toutes les attentions, la cristallisation de toutes les peurs… La peste était aux portes de la ville et Wong Chut King ne serait pas le seul à être contaminé.

Comment était-elle arrivée jusqu'ici ? Selon le docteur Kinyoun, médecin et chercheur au Marine Hospital Service, la maladie avait sans doute été transmise par un ou plusieurs navires en provenance d'Asie, où l'épidémie sévissait depuis 1855, ayant déjà entraîné la mort d'une quinzaine de millions de personnes lorsqu'elle atteignit les côtes californiennes. Le territoire de Hong Kong, en 1894, avait lui aussi été frappé, puis, ce fut au tour de la ville d'Honolulu, quelques mois à peine avant la mort de Wong Chut King. Le docteur Kinyoun, par mesure de précaution, avait demandé aux navires en provenance d'Asie et des différentes villes touchées d'arborer un drapeau jaune en entrant dans le port de San Francisco afin d'alerter sur d'éventuels cas de malades à bord. Mais cela n'était guère bon pour le commerce, et comme chacun sait, on ne peut décemment pas mettre en péril la santé économique d'un État sur de simples allégations.

Bien évidemment, Zélie et Jean n'apprirent ceci que beaucoup plus tard.

Lorsque Kinyoun identifia la présence de la bactérie *Yersinia pestis* dans le corps de cet immigré d'origine chinoise, Chinatown fut bouclé sur-le-champ. Les Blancs présents sur place furent autorisés à quitter les lieux, mais tous les autres furent confinés sans possibilité de sortir ou d'entrer. Averti par un coursier du journal, Jean parvint à quitter le quartier avec Zhang Lin juste avant sa mise en quarantaine. Lorsque Zélie retrouva son frère chez lui, le lendemain, il ne se faisait plus aucune illusion : ses articles ne verraient jamais le jour.

– Déjà que Walter n'était pas très chaud… Avec ce qui se passe, c'est fichu.

En effet, il ne fut plus question de publier la moindre ligne sur les conditions de vie et d'installation à San Francisco des immigrés chinois. En quelques jours, l'animosité latente laissa place à de vives critiques, et ce dans toute la presse locale. Désormais, les Chinois n'étaient plus seulement « des étrangers non assimilables », ils devenaient une menace, coupables d'apporter avec eux les pires maladies, responsables de semer le désordre, en plus de voler le travail des Blancs américains.

La peur se propageait à sa guise, les citoyens californiens étant une proie idéale. On savait le bacille de la peste redoutable, sans disposer d'aucun moyen pour s'en défendre ni pour se soigner. Invisible, indétectable, il se répandait partout. Le spectre de la Mort approchait dangereusement, et, à l'angoisse d'être contaminés, se rajoutait un profond sentiment d'impuissance. On ne pouvait qu'attendre, et compter les victimes. Dans les jours qui suivirent, les pires rumeurs se diffusèrent à travers la ville. Les clients, à l'hôtel, n'osaient plus sortir, ni même descendre prendre leurs repas dans la salle commune. Zélie leur déposait des plateaux au pied de la porte. Quelques-uns avaient fui dès qu'ils avaient appris les risques d'une épidémie. Mais la plupart avaient préféré rester là où ils se trouvaient, craignant d'attraper le virus s'ils s'aventuraient à l'extérieur.

À plusieurs reprises, Zélie s'était maudite d'être venue ici. Qu'avait-elle donc fait ? Qu'avaient-ils eu en tête en venant s'installer sur cette terre étrangère devenue menaçante ? Elle se sentait à la merci de cette existence dont tous les cadrans avaient été déréglés ; plus le moindre îlot sur lequel se réfugier au milieu de cette tempête.

Elle n'avait jamais vu ses frères si tendus. Ils se faisaient un sang d'encre pour leurs affaires. La menace d'une mise en quarantaine de la ville planait. On redoutait que de nouveaux foyers épidémiques ne se déclarent. Si jamais la peste n'arrivait pas à être circonscrite rapidement, ils risquaient de tout perdre puisqu'ils avaient investi l'ensemble de leurs économies dans l'achat du Guillaume Tell.

Si Alfred fulminait, Georges tâchait de raison garder. Et il faisait bien. Le gouverneur était déterminé à préserver coûte que coûte le commerce et l'essor économique de San Francisco. Trop d'intérêts étaient en jeu, et les barons de la finance, du chemin de fer, de l'industrie et du commerce firent bloc derrière Henry Gage. Ce dernier nia publiquement la présence de la peste bubonique à San Francisco, information relayée à grand renfort de publications dans la presse locale. Les journaux tels que *Le Bulletin*, *The Call*, ou encore *The Chronicle*, appuyèrent ses déclarations et participèrent largement à la campagne de diffamation lancée à l'encontre de Kinyoun. Même les résultats de la Commission du Trésor, mandatée par l'État pour statuer sur la présence du bacille de la peste, furent démentis, et les trois enquêteurs tournés en ridicule, dépeints comme un « trio jeune et inexpérimenté ». On accusa Kinyoun, de surcroît, d'avoir inoculé lui-même le virus à des cadavres pour fausser les interprétations et abuser la population. Sa carrière fut stoppée net, et sa réputation, massacrée. Cent mille dollars furent alloués à cette campagne publique de dénigrement par les élus locaux.

Ces derniers en profitèrent pour renforcer la stigmatisation de la population asiatique, en prétendant que la peste touchait principalement les Américains d'origine chinoise ou les immigrés, et non les Anglo-Américains. Par conséquent, les autorités ordonnèrent qu'un vaccin expérimental, qui montrerait par la suite de graves effets secondaires, soit inoculé à tous les Chinois vivant dans le quartier de Chinatown, sans que ceux-ci puissent s'y soustraire. Les violations des droits et des libertés les plus élémentaires, une fois de plus, se multiplièrent à l'encontre des Sino-Américains. L'affaire fut même portée en justice, et, cas sans précédent, le juge fédéral statua en faveur des plaignants.

Le gouverneur Gage finit par perdre son poste aux élections suivantes, mais le mal était fait, et l'épidémie ne prit fin qu'après le tremblement de terre d'avril 1906.

Durant cette période, chacun chercha à défendre ses propres intérêts, pour ceux qui en avaient. Pour les autres, il ne fut question que de défendre sa maigre existence, et donc survivre, mais cela requérait souvent une énergie dont ils ne disposaient plus.

Grâce à Jean, qui ne se contentait jamais de prendre pour argent comptant ce qu'on lui servait, et encore moins depuis qu'il travaillait comme journaliste à dénoncer les rouages du « système », Zélie avait eu la possibilité de mettre en doute ce qu'elle entendait et lisait. Cela lui permit de voir l'envers du décor : pour ne pas perdre la face, les représentants locaux étaient prêts à tout.

Sans cela, peut-être aurait-elle cru, comme tant d'autres, aux révélations honteuses sur les pratiques de Kinyoun, peut-être aurait-elle trouvé que, en effet, cette commission missionnée par le gouvernement fédéral n'était là que pour mettre à mal les intérêts de la Californie, s'immisçant dans des affaires qui n'étaient pas de son ressort ni de sa compétence. Elle se serait accrochée à l'idée que cette menace d'une propagation de la peste bubonique était une duperie. Une ville moderne comme San Francisco, en pleine expansion, ne pouvait pas voir toutes ses fondations s'ébranler à cause d'une épidémie comme celle-là… Mais voilà, Zélie avait un frère trop curieux, trop suspicieux, trop intègre aussi, pour gober si facilement les paroles rassurantes des élus. Elle avait un frère qui avait vu l'état de vétusté des habitations qu'on louait aux immigrés asiatiques. Il en avait visité des dizaines, avait discuté avec leurs habitants.

– Le problème, Zélie, ne vient pas du fait qu'ils soient asiatiques, et que cela les rende plus vulnérables que les Blancs au bacille de la peste. Le problème, c'est l'insalubrité dans lequel on les oblige à vivre. S'il y a un risque de propagation de l'épidémie, je ne doute pas qu'il parte de Chinatown, mais pas pour les raisons officiellement invoquées.

Au cours de cette période, elle se rappelle s'être souvent levée avec l'impression de vivre dans un monde dépourvu de toute logique. On essayait comme on le pouvait de trouver une parade, de tromper la peur qui serrait le ventre. Georges passait de longues heures à tenir les comptes de l'hôtel. Ça le rassurait.

– Avec les chiffres, au moins, on n'a pas de surprises, avait-il confié à sa sœur.

Alfred, de son côté, passait son temps à incriminer les autorités fédérales, qui, selon lui, cherchaient à les effrayer pour mieux les manipuler ensuite. Peste ou pas peste, il voulait continuer de travailler. Quant à Jean, il était bien content de ne pas être au service de l'un des quotidiens locaux à la solde de Gage, même s'il s'était vu attribuer une tout autre rubrique au sein du journal : celle de la vie culturelle à San Francisco.

– Walter préfère attendre que les choses se tassent, avait-il expliqué à Zélie. Ça aurait pu être pire, tu me diras. Mon collègue James en est réduit à écrire des articles sur les meilleurs produits *made in California*. Le dernier en date étant un sirop de figue soi-disant miraculeux pour le foie…

– Passionnant !

Ils partirent tous deux dans un fou rire irrépressible, retrouvant un instant cette légèreté qui leur faisait cruellement défaut.

Zélie était heureuse de constater que Jean prenait avec philosophie l'annulation de la publication de ses articles. Il était déçu, bien sûr, mais gardait l'espoir que ce ne soit qu'un report. Cette série d'interviews l'avait considérablement enrichi sur le plan personnel. Il avait rencontré des gens aux histoires singulières et souvent déchirantes, qui avaient fait naître chez lui un intérêt nouveau pour un pays auquel nul ne semblait véritablement s'intéresser, tant il préservait jalousement ses secrets. Mille légendes couraient sur l'Empire du Milieu, ses traditions et sa fameuse Cité interdite.

Zhang Lin lui en avait longuement parlé. Même si elle vivait aux États-Unis depuis plusieurs années, et en avait adopté les usages, elle conservait de son pays des images précises, une langue qu'elle vénérait, des récits mythiques, une nostalgie de l'enfance et la tristesse du souvenir de sa mère, emportée par la maladie. Amusée par la curiosité de Jean, elle lui avait prêté un exemplaire des *Chroniques de l'étrange*, écrites par un certain Pu Songling, un auteur atypique du XVIIe siècle, qui n'avait eu de cesse de chercher à faire entendre une voix qui s'écartait de la doctrine confucianiste, laquelle prônait que l'élève suivît les pas de ses maîtres sans jamais chercher à s'en distinguer.

Ses contes et légendes, elle en était certaine, enchanteraient son imaginaire, à condition qu'il accepte de se laisser entraîner dans un univers où les choses et les êtres ne sont pas toujours ce qu'ils paraissent.

18

À SA FAÇON DE LUI PARLER D'ELLE, Zélie comprit tout de suite que Jean était amoureux. Sa voix laissait percer une admiration inhabituelle. Et puis, tout était prétexte à mentionner son nom. Zhang Lin était une traductrice hors pair, Zhang Lin se montrait à l'écoute des autres, Zhang Lin avait une sensibilité incroyable, Zhang Lin connaissait toute l'histoire de son pays… Comme cela l'avait amusée de découvrir son frère subjugué par cette jeune femme qu'il lui tardait de rencontrer.

Elle fit sa connaissance un dimanche midi. L'été jouait les prolongations, et septembre était particulièrement ensoleillé. Jean avait proposé un pique-nique au Golden Park. L'idée de s'éloigner du centre-ville et de retrouver un coin de nature le temps d'un après-midi les réjouissait.

Zélie aima d'emblée Zhang Lin, malgré sa crainte, elle devait bien l'avouer, d'en être jalouse. Mais sa joie de vivre, sa bonté et son élégance balayèrent ses peurs. Elle ne lui volait pas Jean, elle le rendait meilleur, si cela était encore possible. En elle, nulle volonté d'impressionner son interlocuteur. Nulle envie de capter toute la lumière. Elle était à l'image de son sourire : emplie d'une douce fraîcheur.

À l'invitation de Zélie, Zhang Lin lui raconta son enfance privilégiée, rythmée par de nombreux déménagements. Le métier de diplomate qu'exerçait son père l'exigeait, et ce dernier avait trouvé dans ces voyages et installations successives une forme de paix, qui lui permettait de faire taire la douleur de la mort prématurée de son épouse. La jeune femme avait ainsi vécu dans différentes provinces chinoises, en Corée, au Japon et à Londres, où son père avait fait la connaissance de Walter Grant. Huang Zunxian y exerçait alors les fonctions de conseiller pour l'ambassadeur de Chine. Les deux hommes s'étaient rencontrés lors d'une soirée mondaine, et leur goût commun pour le journalisme les rapprocha aussitôt. Huang évoqua les travaux qu'il avait menés pour le compte du *Japan World Magazine*. Walter, correspondant en Angleterre à cette période, découvrit sous les traits du diplomate à l'allure faussement rigide, un fin lettré, philosophe aguerri s'inscrivant dans l'héritage des Lumières, esprit résolument tourné vers la modernité, engagé auprès de l'empereur Guangxu dans un processus de réformes progressistes. Il ne savait pas alors que ce serait précisément cela qui le conduirait à sa chute, au moment même où Huang Zunxian s'apprêtait à être nommé ambassadeur à Londres.

– L'impératrice douairière Cixi a été expéditive, expliqua Zhang Lin. Elle a destitué l'empereur en un rien de temps.

En trois mois, pour être précis. Entre le 11 juin et le 21 septembre 1898, elle détrôna son neveu grâce à la réforme des Cent Jours, et fit abroger l'ensemble des décrets qu'il venait de signer pour réformer le pays. Pour nombre de hauts fonctionnaires, envisager de supprimer des sinécures dans l'administration, moderniser l'armée, le système éducatif, ou encore, hérésie suprême, oser vouloir s'affranchir du confucianisme était tout simplement inenvisageable.

Le 21 septembre, les troupes du général Ronglu, alliées à Cixi, encerclèrent la Cité interdite, et destituèrent l'empereur. Six des principaux artisans des réformes furent décapités une semaine plus tard.

– Et ton père ? Comment y a-t-il échappé ?

– Je n'en sais rien moi-même. À la suite de ces événements, il aurait pu tenter de gagner l'Angleterre, où il devait exercer la fonction d'ambassadeur, ou encore de rejoindre le Japon, comme certains proches de l'empereur, mais il n'a pas pu se résoudre à cette fuite. Je pense qu'il aurait préféré mourir, plutôt que de renoncer au pays.

– Je veux bien que ce soit quelqu'un de très fidèle, mais au point de risquer sa vie…

Zélie ignorait si ses propos allaient blesser Zhang Lin, mais elle ne comprenait pas qu'un homme puisse accepter sa condamnation à mort, et même la provoquer.

– En Chine, nous avons une croyance qui veut que quiconque n'est pas enterré sur la terre de ses ancêtres devient un damné. On est voué à errer, tel un fantôme, sans jamais pouvoir connaître le repos. Or, tout ce que mon père a toujours espéré, c'est de pouvoir retrouver ma mère dans l'au-delà. S'exiler en Angleterre, au Japon, ou ailleurs, c'était se voir interdire d'être un jour à ses côtés.

Les mots de Zhang Lin émurent profondément Zélie et trouvèrent en elle un écho douloureux. Qu'adviendrait-il si Jean et elle mouraient ici, loin de chez eux? La jeune femme ne s'était jamais posé la question, toute entière tournée vers l'avenir, mais un avenir de vivant! Elle vit un léger voile obscurcir le regard de son frère.

– C'est en partie pour cette raison que mon père m'a confiée à Walter, poursuivit Zhang Lin. Il avait depuis longtemps déjà le pressentiment que la situation allait mal tourner.

L'amitié qui s'était scellée à Londres entre Huang Zunxian et Walter Grant était de celles qui ne s'expliquent pas, et qui sont définitives.

Huang s'était confié à son ami lorsqu'il avait eu vent des projets de l'impératrice douairière. Il savait ses heures comptées et, s'il avait déjà pris sa décision, sa fille, elle, n'avait pas à en subir les conséquences. Walter Grant, qui avait une enfant du même âge, proposa d'accueillir Zhang Lin chez lui, elle serait une formidable compagne pour Elisabeth. Sa femme ne fit aucune difficulté. Mieux, elle se montra heureuse de pouvoir aider la jeune fille. Zhang Lin resterait auprès d'eux le temps nécessaire.

– Je suis arrivée chez les Grant en octobre 1897, et n'en suis jamais repartie.

Au sourire de la jeune femme, on devinait qu'elle ne regrettait pas la décision de son père.

Retiré des affaires de la Cour impériale, ce dernier menait depuis une existence discrète, composée essentiellement de lectures et d'écriture poétique. Et cette vie-là, de toute façon, n'était pas faite pour une jeune femme pleine de vie comme Zhang Lin.

– Tu penses rester en Amérique toute ta vie? lui demanda Zélie.

– Je ne sais pas encore, mais j'ai le sentiment d'y avoir trouvé ma véritable patrie.

Jean lui prit la main, passa son bras autour de ses épaules. Son frère était fait pour le bonheur, et il savait provoquer la chance. Zélie en était persuadée. D'ailleurs, il se tenait là, entre ses bras. Tout, décidément, lui réussissait en Amérique. Il exerçait un métier qui le passionnait, et épouserait sans doute un jour prochain cette femme dont il était amoureux. Restait à savoir si le père de Zhang Lin donnerait sa bénédiction pour cette union…

Monsieur Grant avait promis à Jean de parler à son ami en sa faveur. Mais ils ne pouvaient s'empêcher de craindre que Huang Zunxian considère la demande de ce jeune Français comme irrecevable. Qu'allait-il penser lorsqu'il apprendrait que Jean était issu d'une famille paysanne, tellement pauvre qu'il avait dû émigrer en Californie ? Il devait s'attendre à ce que sa fille épouse un homme fortuné, d'une condition proche de la sienne, et pas un immigré français sans le sou. Zhang Lin avait beau l'assurer que son père ne s'arrêterait pas à ce type de considération, Jean redoutait sa réaction. Zélie, qui avait rarement vu son frère trembler, en fut bouleversée.

La réponse ne tarda pas à arriver, et ainsi que Zhang Lin l'avait prédit, Huang Zunxian donna son accord.

Jean écrivit alors à ses parents, qui accueillirent avec une vive émotion la nouvelle. Ça lors ! Leur petit Jean, presque marié, bientôt père. Quelle fierté pour eux, quelle joie pour la famille ! Mais il fallait aussi traduire les silences, les blancs, entre les félicitations et les vœux de bonheur. On y devinait le chagrin de ne pouvoir être là, de devoir se tenir, toujours, sur l'autre rive. Jean promit de venir dès qu'il le pourrait leur présenter sa femme et sa famille. « *Tenez-vous prêts* », avait-il ajouté en fin de lettre.

Ses frères, en revanche, qu'il n'avait revus qu'une ou deux fois, furent bien moins enthousiastes. Georges considérait que Jean, toujours aussi passionné, s'était déclaré trop rapidement. Au fond, il craignait que son frère n'ait agi sous le coup de l'impulsivité, aveuglé par ses sentiments, et qu'il ne regrette son choix dans quelques années. Alfred, lui, ne comprenait tout simplement pas comment Jean pouvait avoir des sentiments pour une « étrangère ».

– Mais enfin, de quoi parles-tu ? On est tous des étrangers ici…

– Arrête, Zélie, tu vois très bien ce que je veux dire. Ne fais pas l'idiote.

– Très bien, alors en quoi cela te dérange-t-il que Jean se marie avec une Chinoise ?

– Ces gens-là ne sont pas comme nous. On n'a pas la même culture. Comment veux-tu que ça marche ? Tu imagines s'ils ont des enfants ?

– Mais j'espère bien pour eux qu'ils en auront. Comment peux-tu dire des choses pareilles, Alfred ? Tout ça n'a aucune importance, voyons. Tu les as vus ? Tu as vu comme ils sont heureux ?

– Ils ne le seront pas longtemps, tu verras. Pour le moment, c'est tout beau, tout nouveau, ils papillonnent. Mais vous verrez dans quelque temps…

– Franchement, Alfred, pour un peu, on dirait que Grand-mère a déteint sur toi, ne put s'empêcher de lâcher Zélie.

Elle se trouvait, une fois de plus, en désaccord total avec ce frère qui lui semblait, pour le coup, de plus en plus étranger. Il s'était aigri, devenant obtus et complètement ankylosé dans ses raisonnements d'un autre âge. Elle espérait au moins qu'il ne commettrait pas l'affront de tenir un tel discours devant Jean, et se demandait combien de temps, encore, elle tiendrait en partageant le quotidien de ces deux aînés dont elle s'éloignait un peu plus chaque jour. Qu'est-ce qui avait pu les changer à ce point ? À moins que ce ne fût elle qui ne les avait jamais vus tels qu'ils étaient. Par moments, elle n'arrivait plus à être certaine de quoi que ce soit. Les souvenirs de leur vie en France se mélangeaient avec les émotions qu'elle ressentait à présent, et tout cela formait un véritable imbroglio. Le pire étant qu'elle ne pouvait pas s'en ouvrir à Jean, sous peine qu'il ne découvrît le peu d'estime que ses frères avaient pour sa fiancée, et le peu d'espoir qu'ils mettaient dans leur mariage.

Finalement, elle préférait de loin passer son temps libre, lorsqu'elle en avait, avec Zhang Lin, qui attendait ses visites avec joie. Zélie adorait l'entendre parler dans sa langue maternelle. En ville, souvent, elle avait trouvé le chinois acéré, coupant, porté par des voix suraiguës et un phrasé saccadé, lancé comme des balles tirées à bout portant. Mais la voix de Zhang Lin était douce dans ses inflexions, apaisante. Ses mots à elle révélaient un imaginaire, comme une toile blanche sur laquelle seraient venues se déposer des touches de couleur jusqu'à former un paysage splendide et inédit. Zélie essayait de se concentrer sur ce qu'elle disait, d'agripper certains sons, de deviner un sens, mais c'était peine perdue. Et, de toute façon, son esprit partait systématiquement ailleurs. Les mots de Zhang Lin replaçaient ses pas dans le chemin des rêves qu'elle avait laissé derrière elle, en France.

Pourquoi s'était-elle d'ailleurs résignée à y renoncer ? Savoir que ses frères s'étaient tant battus pour obtenir ce qu'ils avaient, pour sortir de leur condition d'immigrés alpins sans le sou, avait dressé devant elle un mot qui lui barrait l'horizon : le devoir.

À présent, elle prenait conscience que toute cette solidité sur laquelle elle pensait pouvoir s'appuyer n'avait en fait aucune réelle consistance, et que, face à l'adversité, rien de tout ce « bâti » ne subsistait. Zhang Lin l'avait compris bien avant elle.

Jean et elle s'étaient décidément bien trouvés. Elle aimait son frère, et le lui prouvait par des marques de tendresse quotidiennes. Un petit mot laissé à côté de sa machine à écrire, des fleurs pour colorer ses jours, jusqu'aux *jiao zi* qu'elle confectionnait pour lui faire goûter les saveurs de son pays. Elle portait une véritable attention à tout ce qui l'entourait. Et en cela, elle ressemblait à ce frère qui s'efforçait d'aiguiser chaque jour son regard sur le monde qui l'entourait.

– Il ne court pas, il n'essaie pas de transpercer les choses, lui avait confié Zhang Lin.

C'était vrai. Jean n'avait aucun désir de conquête, aucun besoin de posséder. Il était l'opposé d'Alfred.

Leur mariage fut simple et joyeux. À leur image. L'office fut célébré à l'église Saint-Paul, dans le quartier de Noe Valley, au printemps 1902. Le père de Zhang Lin, toujours assigné à résidence, ne put faire le déplacement, mais Walter prit soin, pour lui, de faire préparer une célébration selon les rites chinois, afin que l'union de Jean et de sa fille soit doublement bénie. Les invités étaient peu nombreux mais comptaient les très bons collègues de Jean, et la famille Grant, émue comme si elle mariait sa propre fille. C'est à ce moment-là que Zélie fit plus ample connaissance avec Elisabeth, qu'elle avait croisée plusieurs fois en rendant visite à Zhang Lin, et qui vivait chez ses parents.

Elles partageaient la même aspiration : sculpter elles-mêmes leur existence. La seule différence étant que, contrairement à Elisabeth, Zélie ne savait absolument pas ce que cela signifiait pour elle.

La fille de Walter se formait à la direction d'entreprise auprès de son père, et comptait bien le seconder, avec dans l'idée, pourquoi pas, d'acheter son propre journal d'ici quelques années. Lorsqu'elle demanda à Zélie quels étaient ses projets, cette dernière dut lui avouer qu'elle n'en avait pas vraiment, et qu'il était temps qu'elle se penchât sur la question. Ce à quoi Elisabeth lui opposa qu'il n'était nullement nécessaire de perdre des heures à réfléchir. La seule question qui prévalait était : « Qu'est-ce que tu aimes faire ? »

– Écrire, lui répondit Zélie sans hésiter. Mais c'est déjà pris par mon frère, ajouta-t-elle, en regardant Jean.

– N'importe quoi ! Il y a toujours de la place quand on aime vraiment quelque chose. En écriture comme ailleurs.

Zélie ne trouva rien à répondre.

– Nous en reparlerons vite, reprit Elisabeth, avec la mine de celle qui sait déjà quelle suite donner à l'histoire.

19

Si les choses étaient claires dans l'esprit d'Elisabeth Grant, elles demeuraient complètement opaques pour Zélie. Et les semaines qui suivirent le mariage de son frère ne lui permirent guère de trouver les réponses aux mille questions qui l'assaillaient quant à son avenir.

Aussi s'efforçait-elle d'enfouir des émotions dont elle avait honte. Pourquoi ? Parce qu'elle aimait Jean de tout son cœur. Parce qu'elle aimait Zhang Lin, et qu'elle se réjouissait qu'ils aient une vie pleine de promesses. Ils le méritaient et elle détestait d'autant plus cette part d'elle qui enviait leur bonheur. Elle avait l'impression de revivre l'époque où Alfred et Georges étaient partis sans eux, et qui avait fait naître en elle une colère intarissable. Elle savait que ce n'était pas juste, et elle luttait contre ces sentiments qui lui faisaient horreur. Mais une fois de plus, elle tournait comme un animal en cage. Exception faite que, dans son cas, elle avait elle-même construit sa cage comme une grande, se contentant d'une vie tiède, qu'elle exécrait, mais qu'elle avait tenu à embrasser pour justifier son manque de courage. Car il s'agissait bien de cela en somme. Il était inutile qu'elle se voile la face. La Zélie qui travaillait chaque jour à l'hôtel, la Zélie qui était aux petits soins pour la clientèle, aux ordres de ses frères, la Zélie qui cherchait toujours à contenter tout le monde n'était absolument pas la Zélie qu'elle voulait être. C'était une usurpatrice. Un leurre. Tout sonnait faux et creux. Elle avait cru qu'il lui suffirait de partir, de changer de terre, de pays, pour devenir la Zélie qu'elle sentait poindre à l'intérieur. Elle avait essayé de donner le change, d'être aimable aux autres, à défaut de l'être pour elle-même. Elle se croyait de la même trempe que Jean. Elle s'était trompée. Lui avait eu le courage de refuser de travailler en famille et de tout mettre en œuvre pour exercer le métier qui le passionnait. En ce qui la concernait, elle avait baissé la tête et pris le premier rôle qu'on avait bien voulu lui offrir, en s'efforçant de le jouer le mieux possible. Mais voilà, elle était arrivée au bout de ce qu'elle pouvait donner, et il devenait urgent qu'elle change quelque chose. Son échange avec Elisabeth avait eu le mérite de faire éclater la frustration qui la sclérosait.

Elle avait revu plusieurs fois la fille de Walter Grant depuis le mariage. Les prémices d'une complicité qu'elles avaient sentie naître alors devinrent rapidement le socle d'une amitié solide, et le thé, le dimanche après-midi, leur rituel. C'était pour elles l'occasion de faire un point sur l'avancée de leurs projets. Jusqu'ici, il avait surtout été question de ceux d'Elisabeth. Elle était passionnée par l'économie du pays et ses rouages. S'intéresser à la politique lui paraissait une évidence. Apprendre à diriger une entreprise, une seconde nature. Enthousiasmée par l'assurance de sa nouvelle amie, Zélie finit par lui révéler ce qui la rongeait : l'indécision dans laquelle elle s'était enlisée.

– Puisque tu me demandes mon avis, lança Elisabeth, je te dirai que tu n'as que deux possibilités. Soit tu décides de rester travailler auprès de tes frères et tu t'engages dans votre entreprise familiale, soit tu remues ciel et terre s'il le faut pour dénicher un poste de journaliste, écrire et gagner ton indépendance. La seule chose que tu ne puisses pas envisager, c'est de prolonger cette situation intenable.

Son amie avait raison, Zélie ne pouvait rester dans cet entre-deux. Se plaindre ne lui serait d'aucun secours. Il était temps qu'elle cesse d'avoir peur et se confronte à ses ambitions.

La première chose qu'elle fit fut d'aller trouver Jean.

– Je veux écrire moi aussi.

Enfin, elle l'avait dit. Pour la première fois. Elle peut encore sentir le frisson qui l'avait parcourue en s'entendant prononcer cette phrase à voix haute. Une réalité prenait corps, elle pouvait en deviner le sillon, la tranchée qu'elle était en train de creuser en elle, rai de lumière qui laissait éclore un bourgeon de cette terre intérieure jusque-là demeurée en jachère.

– Il t'en aura fallu du temps, lui répondit son frère.

Zélie le fixa du regard, ne sachant plus s'il fallait prendre sa remarque comme une moquerie. Comment ça, il lui en avait fallu du temps ? Pourquoi ne lui avait-il rien dit, rien proposé s'il savait ce qu'elle voulait ? Pourquoi l'avoir laissée s'embourber si longtemps ? Elle n'en revenait pas. Tout ce temps gâché…

– Pas du tout, lui répliqua son frère. C'est autant de temps de gagné pour plus tard. Avant, tu en avais envie. Maintenant, l'envie est devenue nécessité.

Il lui promit de faire son possible pour l'aider.

– Je vais voir avec Walter, j'ai cru comprendre qu'il lui manquait du monde.

À la suite de cet échange, plusieurs semaines s'écoulèrent sans que rien ne bouge. Zélie avait repris son travail à l'hôtel, tout en continuant à écrire. Ne pas se laisser engluer. Garder un espace en soi, pour soi, qui ne soit pas absorbé par le monde au-dehors.

Et puis, un matin d'avril, Jean sonna à l'appartement, salua Georges et Alfred, qui terminaient leur petit déjeuner, et accepta de discuter quelques instants des affaires de la ville autour d'un café. Puis, sans transition, il annonça, le plus tranquillement du monde :

– Je vous vole Zélie pour la journée, j'ai besoin d'une assistante.

– Et qui va tenir la réception de l'hôtel ? s'enquit Alfred.

– Je ne me fais aucun souci pour ça. Tu es le meilleur pour accueillir tes clients. N'était-ce pas ce que tu faisais avant que nous arrivions ?

– On va se débrouiller, avança Georges. Allez-y.

– Tu aurais quand même pu prévenir… protesta Alfred.

– Dépêche-toi, Zélie, sinon, on va être en retard.

La jeune femme s'empressa de suivre Jean, trop heureuse à la perspective de ce début de journée qui venait rompre la monotonie.

Une fois dans la rue, son frère voulut s'assurer qu'elle était toujours déterminée dans son projet. Elle hocha la tête.

– Parfait. Le moment est donc venu de passer à l'action.

Jean l'entraîna à sa suite jusqu'au journal, la fit patienter de longues minutes devant une porte close qu'elle devinait être celle du bureau de son chef.

Elle connaissait déjà Walter Grant, depuis le mariage, mais ils n'avaient évidemment pas évoqué cette possibilité de travailler ensemble.

– Ainsi donc, vous avez attrapé le virus, vous aussi ?

– En effet, monsieur. Mon frère a dû vous dire que…

– C'est très bien, la coupa-t-il. Vous êtes jeune, pleine de ressources. Ma fille m'a déjà parlé de vous d'ailleurs. Je ne sais pas ce vous vous êtes raconté, mais elle semble croire en votre talent. Et votre frère aussi. Je veux bien vous accorder votre chance. On a toujours besoin de bonnes plumes, ce n'est pas moi qui vais dire le contraire. Alors, voilà ce que je vous propose, jeune fille…

L'entretien fut court. Monsieur Grant n'avait pas de temps à perdre en paroles inutiles. Zélie apprendrait cela dans le journalisme : aller à l'essentiel. Ce qui était loin d'être une évidence pour elle.

En quelques minutes, il lui expliqua ce qu'il attendait d'elle. Qu'elle se rende au Grand Opera House à quatorze heures, où elle rencontrerait Aleksander Podolvski, le chef récemment nommé pour diriger l'orchestre philharmonique de la ville. La saison débuterait dans une semaine, avec un opéra au succès international : *Roméo et Juliette* de Gounod.

Sa mission : interroger celui qui était décrit comme un jeune prodige, percer l'homme sous l'habit de chef, et lui soutirer suffisamment d'informations, d'anecdotes, et pourquoi pas de révélations, pour en faire un portrait vivant. Walter Grant insista sur ce point. Il ne voulait pas retrouver dans son papier les mêmes platitudes qu'il lirait chez ses concurrents.

– Je compte sur vous, mademoiselle, conclut-il.

Zélie disposait de quatre jours pour rendre son papier.

En sortant de l'immeuble, tout en progressant parmi les passants, bousculée par des costumes sans visage, évitant calèches, cabs, charrettes et livreurs en tous genres, la jeune femme éprouvait une sensation d'irréalité. Était-ce bien vrai, ce qu'il lui arrivait ? Elle interrogea son frère du regard, incapable de prononcer le moindre mot au milieu de l'artère bruyante qu'ils traversaient. Jean lui décocha un clin d'œil rieur et confiant. Même pas peur, semblait-il lui dire.

Euphorie et appréhension se disputaient la victoire en elle, la première talonnant la seconde, et elle n'aurait su dire laquelle parviendrait à coiffer l'autre au poteau.

Elle ne connaissait rien à la musique classique, encore moins à l'opéra. Zélie n'avait jamais mis les pieds dans un théâtre. Elle n'avait jamais rédigé le moindre article non plus… Comment allait-elle se débrouiller avec tout ça ? Brusquement, elle prit conscience de ce qui lui tombait sur la tête. Elle sentit les muscles de ses jambes, l'intérieur de ses bras, se pétrifier. Son sang battait fort dans ses tempes. Prise de panique, elle tira la manche de chemise de son frère d'un coup sec, l'obligeant à s'arrêter un instant. Le souffle lui manquait, et s'ils continuaient à marcher aussi vite, elle était sûre de s'évanouir. Elle avait commis une erreur. Elle avait présumé de forces qu'elle n'avait pas. Elle s'était laissé envahir par un rêve qui ne correspondait pas à ses capacités. Elle serait bien incapable d'aller interviewer ce chef, ou qui que ce soit d'autre. Ça n'était pas son métier, elle n'avait aucune connaissance. Elle s'était trompée, voilà tout. Il valait mieux retourner voir monsieur Grant, et lui avouer la vérité. Qu'il ait le temps de confier ce travail à un journaliste chevronné.

– C'est bon, tu as fini ? demanda son frère.

Tout le monde en passait par là, la rassura-t-il. Lui aussi avait eu le nœud au ventre lorsqu'il avait débuté. Encore aujourd'hui, le trac le prenait dès qu'il se savait attendu sur un sujet. À l'oral, on pouvait toujours se rattraper, rectifier un propos mal ordonné, une information erronée. Pas à l'écrit. Et encore moins lorsqu'il était question de textes imprimés, distribués, et lus par d'autres. C'était le prix à payer. Certains s'en foutent, comme certains se foutent toujours de tout. Mais elle comme lui ne faisaient pas partie de ceux-là. Et ils n'y pouvaient rien. À vrai dire, c'était une chance. Elle pouvait renoncer, bien sûr, personne ne l'obligeait à rien, mais elle risquait de le regretter toute sa vie. L'opportunité doit être saisie lorsqu'elle apparaît. Et c'était son jour de chance. Zélie lui avait toujours fait confiance. Alors quoi ?

20

À TREIZE HEURES QUARANTE-CINQ, se répétant les conseils que lui avaient prodigués Elisabeth et son frère, elle se présenta à l'entrée de ce lieu dont elle avait longé à plusieurs reprises l'imposante façade, sur Mission Street, sans imaginer qu'elle y mettrait les pieds un jour. Elle fut accueillie par une jeune ouvreuse qui se fit un devoir de lui présenter l'édifice, la laissa flâner quelques minutes dans les trois salles du hall d'entrée, avant de l'inviter à lui emboîter le pas en direction des coulisses. Très vite, l'apprentie journaliste ne sut où donner de la tête, et elle nota à la hâte quelques dates et informations clés. 17 janvier 1876 : l'ouverture du Wade's Opera House, projet initial du docteur Thomas Wade, un dentiste. Plusieurs propriétaires depuis, dont M. Morosco, jusqu'à l'année précédente. Capacité d'accueil : deux mille huit cent soixante places assises, vingt-deux loges plus douze d'avant-scène. Zélie se figurait difficilement qu'une telle foule se presse ici pour venir assister à une représentation.

– On est monté jusqu'à presque quatre mille, en comptant les gens debout, précisa l'ouvreuse.

Des chiffres qui donnaient le vertige, à l'image de cet endroit colossal et d'un luxe inouï. Elle comprenait à présent la réputation de salle inclassable que le Grand Opera House avait acquise, et sa place centrale parmi les hauts lieux culturels de la ville. Tout avait été pensé pour le confort et l'agrément du public : une promenade autour de l'auditorium était dévolue aux spectateurs afin qu'ils puissent se délasser les jambes aux entractes. Zélie découvrit aussi un café, une galerie d'art, de vastes couloirs agrémentés de fresques et de portraits d'artistes au-dessus desquels étaient peintes des frises végétales. Au deuxième étage, le sol devenait un tapis moelleux, et Zélie éprouvait la délicieuse sensation de glisser d'un espace à un autre. L'ensemble n'était que raffinement et élégance, depuis le bleu tendre sur les hauteurs des murs, jusqu'au rouge framboise pour les sièges et les rideaux. De nombreux miroirs, pour certains fixés au plafond, agrandissaient encore l'espace.

– Elle est étrange, cette fontaine, fit remarquer Zélie en traversant le vestibule.

– Le directeur en est très fier. C'est une fontaine à eau de Cologne. Elle fonctionne grâce à un mécanisme d'aiguilles percées.

– Incroyable !

Zélie pensa instantanément à sa mère et à sa grand-mère. Assurément, elles n'en croiraient pas leurs yeux si elles voyaient cela. Il faudra que je leur décrive cette prodigieuse invention, se dit-elle amusée. Enfin, elles arrivèrent devant la loge du *maestro*. Mais cette dernière était vide.

– On a dû se croiser, expliqua la jeune femme. Le chef est certainement retourné auprès des musiciens pour les répétitions.

Tant mieux, pensa Zélie, ça lui laisserait le temps de reprendre contenance. Car, happée par le faste des lieux, elle en avait presque oublié qu'elle était là pour travailler.

Sans lui laisser plus de répit, l'employée lui fit signe de la suivre. Et, à mesure qu'elles approchaient de l'auditorium, la musique gagnait en intensité.

D'Aleksander, Zélie ne vit d'abord que le dos. Un triangle noir d'où s'échappaient deux bras qui battaient l'air, créaient des arabesques folles comme pour répondre aux archets, face à eux. Les doigts de la jeune femme tremblaient, malgré tous ses efforts pour maîtriser son trac. D'ici quelques minutes, elle devrait assumer son nouveau rôle, se montrer à la hauteur de la tâche qu'on lui avait confiée. Si elle voulait intégrer le monde du journalisme, en vivre et se libérer de l'hôtel, elle n'avait pas le choix. Il fallait qu'elle réussisse, seule. Elle pensait à son frère, qu'elle nc voulait pas décevoir. Lui aussi comptait sur elle. Ils devaient gagner leur place en Amérique, en *self-made-men* ; enfin, en *self-made-woman* la concernant. Elle n'avait pas à paniquer. Ils avaient, Jean et elle, soigneusement préparé ses questions, elle s'était documentée sur cette étoile montante de la musique classique. Il n'y avait plus qu'à… plonger. Et c'était le plus dur. Sans doute parce que l'enjeu était important : son indépendance. Elle pressentait qu'il y avait là, derrière cette porte à franchir, tout un monde qui lui tendait les bras.

Lorsque Aleksander se retourna et que leurs regards se croisèrent, Zélie eut l'impression de ne plus rien voir. Ou plutôt, que sa rétine n'arrivait plus à capter autre chose que ce visage qui aspirait tout ce qui l'entourait. L'air se déchira. Elle comprit tout de suite qu'il n'y aurait pas seulement l'interview, que quelque chose s'enclenchait, au-delà d'eux-mêmes. Au sourire qu'il lui adressa, elle devina que lui aussi savait. C'était fou, elle avait croisé des centaines, peut-être des milliers de personnes depuis qu'elle était arrivée à San Francisco trois ans plus tôt, et rien, dans le frôlement de tous ces corps, n'avait laissé la moindre empreinte sur le sien. Jusqu'aux yeux de cet homme.

Ensuite, il y eut la musique. Sa demeure. Tout en lui, tout autour de lui, l'incarnait. Elle aurait dû le comprendre, mais elle était trop concentrée sur son rôle d'apprentie journaliste pour y prêter réellement attention. Elle fut d'ailleurs très fière lorsqu'elle se rendit compte, après coup, que la prise de notes qu'elle avait tant redoutée n'avait pas été si difficile que ça. Il faut dire qu'Aleksander s'était montré patient, reformulant ses propos pour lui laisser le temps d'écrire. L'opéra était un univers totalement inconnu pour elle, elle en ignorait les termes, les usages et les rites. Patiemment, le chef la guida à travers ce monde qui était le sien, la fit entrer dans la fosse d'orchestre, lui présenta ses premiers violons. Il prit le temps, une fois installé dans l'un des fauteuils du parterre, de lui parler de la création de *Roméo et Juliette*, de Charles Gounod, qu'ils s'apprêtaient à jouer.

– Vous verrez, la prévint-il, bien que le livret soit en français, vous risquez parfois d'avoir du mal à distinguer les paroles. C'est tout à fait normal. Pendant les récitatifs, ce sera plus facile. J'imagine que vous connaissez l'intrigue de Shakespeare ? Jules Barbier et Michel Carré, qui ont écrit le livret, sont restés très proches de la pièce. Vous ne serez pas perdue.

Zélie se garda bien d'avouer qu'elle n'avait jusqu'alors lu que de la littérature française…

– Depuis son *Faust*, reprit Aleksander, Gounod n'avait rien composé de tel. Je crois que l'échec de *Mireille* lui a été salutaire. Il est revenu, avec cet opéra, à son plus haut niveau. Vous pouvez être fière de votre compatriote, termina Aleksander dans un sourire.

Elle avait tout en mains pour rédiger un beau papier, et prouver ainsi à Walter Grant et à son frère qu'elle avait réussi son baptême du feu.

Aleksander ne s'était pas non plus montré avare en anecdotes personnelles. Il avait longuement évoqué sa jeunesse en Russie, puis sa décision, contre l'avis de sa famille, de venir vivre aux États-Unis. Ses débuts difficiles à New York, puis son ascension prodigieuse ces dernières années, en Californie. La musique était toute sa vie, lui avait-il confié. L'en priver reviendrait à l'asphyxier. Ce qu'il aimait dans son métier ? Extraire l'harmonie du chaos, tirer le meilleur de chaque musicien, faire dialoguer les instruments entre eux, leur offrir tout l'espace, et faire taire les jacasseries des voix humaines. Sauf dans le cadre de l'opéra, bien entendu. Là, les choses étaient différentes.

– Il faut trouver le juste équilibre : faire en sorte que l'orchestre puisse libérer sa puissance tout en mettant en valeur les voix des chanteurs. Arriver à ce que chacun atteigne le cœur des spectateurs, sans être dans la surenchère ni prendre le pas sur quiconque. Donner à chacun la possibilité de s'exprimer, dans une même unité de temps et de lieu, d'action aussi, comme au théâtre, pour avoir une chance d'être accueilli en résonnance dans un autre corps.

Jamais encore Zélie n'avait entendu quelqu'un s'exprimer ainsi. Parler de cet invisible, de cette autre réalité qui nous élève autant qu'elle nous emmure parce qu'elle peut nous condamner au silence. Elle le regardait comme elle avait regardé l'océan en arrivant au Havre. Comme une possibilité vers une autre terre que l'on atteint en étirant ses bras, dans un mouvement qui nous porte au-devant de nous-même, par-delà ce que nous sommes. Oui, elle le reconnaît volontiers, elle a vu en Aleksander, ce jour-là, cette possible patrie. C'est ce qu'elle a perçu, ce qu'elle a vu se dessiner dans ses yeux.

L'invitation qu'il lui offrit pour venir assister à la représentation de *Roméo et Juliette* ne la surprit pas vraiment. Et elle l'accepta. Bien sûr, elle n'était pas dupe. Cette première entrevue contenait en germe toutes les autres.

Tout se joua presque à leur insu. Leurs corps, cela les étonna, se connaissaient déjà. Il n'y eut pas à se donner, mais à se retrouver. Reprendre contact avec une peau, un corps, une âme-caresse dont le frôlement foudroie, irradie chaque parcelle de l'être.

Jean, quand il sut, eut peur pour sa sœur et la mit en garde. Zhang Lin et Elisabeth aussi. Mais Zélie était à un âge où l'on ne sait pas ce qu'il convient de donner ou pas. D'ailleurs, elle n'avait pas envie de peser, de calculer. Elle avait juste le désir d'appartenir à cet homme. De répondre à ses baisers, de disparaître dans ses bras lorsqu'ils la recouvraient et qu'elle devenait, l'espace de quelques heures, un instrument de chair vibrant sous ses caresses. Elle avait jusqu'ici connu la terre. Aleksander lui faisait toucher le ciel. Par son amour, et par la musique à travers laquelle il l'emmenait voyager avec lui chaque soir. C'était un univers qui s'ouvrait. Chaque fois qu'elle le rejoignait, qu'elle l'écoutait en coulisses, chaque fois qu'elle volait un moment pour venir s'asseoir dans la salle et regarder les musiciens qu'il dirigeait, elle revivait leur rencontre : ce voile qui se déchirait, l'étreinte de l'archet qui s'étire et glisse sur les cordes du violon. Avec lui, tout était beau, transformé en un au-delà des frontières, de la ville, de l'effervescence du dehors, du tumulte incessant de ces vies qui n'en peuvent plus de stagner et trépignent sur le trottoir de leurs espérances. Zélie vivait bien plus qu'un rêve, puisque si rêve il y avait, il était éveillé…

Aleksander lui montrait, jour après jour, à quoi pouvait ressembler une existence dévouée à sa passion. Elle l'aimait, et l'admirait. Avec lui, elle voyait tout plus grand. Quand elle réintégrait sa vie terne à l'hôtel, elle redevenait un automate, écrasée par le poids des obligations, effectuant ses tâches la mort dans l'âme, animée seulement par l'attente du soir, promesse de leurs retrouvailles.

Son papier plut à Walter Grant, qui lui confia sans attendre d'autres articles, tous en lien avec la vie culturelle de San Francisco. Il fallait, disait-il, faire rayonner la réputation de la cité outre-Atlantique. Témoigner de l'effervescence qui régnait ici, de la richesse de la création artistique. Cette émulation la galvanisait. Elle s'envolait, s'éloignait de plus en plus de l'humeur irritable d'Alfred, de la mine inquiète de Georges, même si elle avait bien conscience de les trahir, à son tour.

Ils ne se parlaient d'ailleurs plus que par monosyllabes, s'évitant. Mais Zélie, pour l'heure, avait bien d'autres choses en tête. Une vie à bâtir, pour commencer, autour des mots, et avec l'homme qu'elle aimait.

Elle ignorait que ses plans à lui étaient aux antipodes des siens, qu'il avait décidé, depuis plusieurs semaines, de tout offrir, mais pas à elle. Il avait dit « oui » à une autre vie, à une autre femme. Simple déviation de trajectoire qu'elle apprit par hasard en tombant sur une coupure de presse. La photographie le montrait au bras d'une femme anguleuse, raidie dans le noir d'une longue robe de soirée. La légende indiquait : « *Le chef Aleksander Podolvski et sa future épouse, invités de M. l'Ambassadeur de Grande-Bretagne* ».

En lisant ces mots, Zélie avait senti son monde s'effondrer, ses jambes se dérober. Comment était-ce possible ?

Aleksander reconnut tout. Oui, il y avait une femme qui l'attendait à New York. Non, il ne l'aimait pas, mais non, il ne renoncerait pas à ce mariage. Doris n'était pas n'importe qui. La fille du propriétaire de plusieurs théâtres et salles de spectacle. Grâce à cette union, il allait pouvoir donner à sa carrière une impulsion majeure, sinon déterminante. Il fallait qu'elle comprenne. Il avait besoin de ce foyer qui lui garantissait un statut à défaut de lui offrir l'amour. Il ne pouvait, ni ne voulait prendre le risque de tourner le dos à cette « opportunité ». Son métier était l'exercice d'un art qui ne fonctionnait pas comme pour elle ou ses frères. Lui était appelé par autre chose. La création se confondait avec son existence, et exigeait par conséquent tous les sacrifices.

– Et nous dans tout ça ? demanda Zélie, fébrile.

– Ce que nous avons vécu a été formidable. J'ai adoré chaque instant passé avec toi. Ne gâchons pas tout maintenant. Viens, l'invita-t-il d'un geste autour de sa taille.

– Mais tu ne m'aimes pas, n'est-ce pas ?

– Si, je t'aime, là n'est pas la question.

– Elle est où alors ?

– Il n'y en a pas : je veux juste me consacrer à ma carrière. J'ai travaillé dur pour en arriver là où je suis, tu sais. Je ne peux pas tout foutre en l'air maintenant.

– Et si Doris n'existait pas ? Est-ce que ce serait différent ?

– Mais elle existe, Zélie, et c'est ma future femme…

Tout venait d'être dit. Elle comprenait, trop tard, qu'Aleksander était avant tout un chef d'orchestre. Et qu'il ne serait *que* cela.

Quant à elle, elle ne serait pour lui qu'un amour vécu le temps d'un prélude. Elle s'était montrée d'une naïveté navrante, c'était certain. Naïve, crédule, stupide, peut-être. Elle avait cru en son regard, cru y lire un courage lui permettant de se hisser à hauteur de cœur. Cru enfin qu'il souhaitait faire de son existence une œuvre bouillonnante, insufflée par la musique. En réalité, c'était tout le contraire. C'est son souffle à lui qu'il avait consenti à perdre dans la musique.

21

Décembre 1902.

Lorsque Aleksander partit pour New York, il ne resta plus de Zélie qu'un amas de douleur, décuplé par la colère sourde d'Alfred. Qu'elle ait eu une liaison hors mariage était inqualifiable. Son comportement était scandaleux. S'il avait su, jamais il ne l'aurait laissée venir ici. À ses yeux, sa sœur n'était plus qu'une dépravée, un corps livré à l'obscène, quand tout en elle n'avait pourtant accueilli et espéré que l'amour.

Ce fut cet amour, d'ailleurs, qui la sauva. Après l'avoir tuée. Lui, qui lui permit d'échapper à la honte qu'Alfred tenta de coudre sur elle, quand Georges considérait qu'elle avait tout simplement été abusée. Aleksander s'était servi de sa jeunesse, avait trompé son insouciance. Aucun des deux n'y était. Et l'histoire qu'ils se racontaient lui était insupportable. Finalement, elle préférait son propre récit. Le sien au moins n'était ni ordurier ni condescendant.

Tout ce qu'elle voulait à présent, c'était qu'on la laisse tranquille, qu'on l'oublie. Dormir, sombrer, ne plus avoir à supporter cette douleur qui ravageait tout en elle. Le moindre geste était de plomb. Prostrée dans sa chambre, elle y demeura, hagarde, incandescente, pendant des jours. La seule chose qu'elle avalait était le thé que Zhang Lin, avertie par Georges, lui apportait chaque matin. La brûlure du liquide atténuait quelques minutes celle qui la consumait. Jean, en reportage à Seattle pour plusieurs semaines, ignorait tout de son état. Zélie avait expressément demandé que personne ne l'en avertisse. Monsieur Grant avait de nouvelles commandes pour elle, mais elle fut incapable de les honorer, prétextant une forte fièvre qui la laissait exsangue. Comment aurait-elle pu écrire quoi que ce soit ?

Il fallait qu'elle se ressaisisse, entendait-elle au loin. Qu'elle prenne du recul. Elle ne pouvait quand même pas se laisser détruire par cet homme. Elle était jeune, avait la vie devant elle. Elle en verrait d'autres. *Voyons, Zélie, prends un peu sur toi. Tu n'es pas la première à qui ce genre de choses arrive.* Elle ne pourrait pas rester indéfiniment cloîtrée dans sa chambre, refusant de s'alimenter, à se laisser dépérir. Même Alfred finit par reconsidérer « l'affaire », soulagé qu'elle ait évité « le pire ».

Elle ne pourrait que s'en remettre, affirmait-il. Il fallait simplement laisser « du temps au temps » et y mettre de la bonne volonté. Oublier cette histoire et avancer.

Aleksander, en effet, ne lui avait rien laissé de lui qu'une béance au corps. Aucune tragédie visible ; la mort était intime. À l'œil nu, on pouvait se dire que leur histoire n'avait jamais eu lieu. Son corps ne conservait pas la moindre trace de son bref passage dans sa vie. Tout était gravé à l'intérieur, et chaque lever de soleil venait lui dévorer le cœur dans un silence absolu.

Il fallut pourtant, en effet, comme on le lui avait si bien dit, se remettre en marche, lutter contre l'inertie dans laquelle elle s'était plongée. Réhabituer le corps à se mouvoir, à entamer une convalescence bien qu'il soit en apparence indemne.

Zhang Lin finit par la convaincre de venir s'installer quelque temps chez eux. Jean serait ravi, à son retour, de l'y trouver. Elle abdiqua, trop faible pour s'opposer à quoi que ce soit. Ses frères, pour une fois, semblèrent approuver cette belle-sœur qui les mettait encore mal à l'aise. Une seule chose obsédait Zélie : ne surtout pas penser. Ne surtout pas laisser à son esprit la moindre parcelle de vide dans laquelle auraient pu s'infiltrer les images qu'elle combattait : celles de l'homme qu'elle aimait arrivant à New York, triomphant, avec, dans l'ombre, la silhouette haute, toute puissante, de cette femme qui le lui avait enlevé pour toujours. Celle qui avait gagné parce qu'elle faisait partie du décor dans lequel Aleksander évoluait. On peut remplacer des acteurs, mais on ne peut se passer du théâtre dans lequel ils se produisent. Dans la pièce de l'homme qu'elle aimait, Zélie avait brillamment tenu son rôle d'amante le temps de quelques scènes, mais à présent, l'histoire se poursuivait sans elle, quand Doris, elle, veillait, élément central du cadre qu'il s'était choisi. Le sien avait volé en éclats.

– Tu aimes trop la vie, et lui pas assez, lui murmura Zhang Lin lorsque, le soir même, installée dans la chambre d'amis de leur nouvelle demeure, Zélie s'effondra en larmes dans ses bras.

Peut-être. Mais à ce moment-là, elle était incapable d'entendre cette vérité. Elle lui faisait trop mal. Elle était trop injuste pour qu'elle puisse l'accepter.

Elle avait perdu l'homme qu'elle aimait, perdu ses deux frères aînés, qui étaient devenus pour elle des étrangers. Elle avait sans doute perdu la chance d'intégrer l'équipe du journal de

Walter Grant, à qui elle avait refusé trois articles. Et elle découvrait qu'aux yeux d'autrui, aux yeux de la société, elle avait « fauté ». On ne se comporte pas comme ça quand on est une jeune fille « comme il faut ». On ne peut pas, sous prétexte que l'on est amoureuse, laisser libre cours à ses sentiments. Ça ne marche pas comme ça. L'amour ne justifie rien. Certains matins, lorsqu'elle se réveillait et qu'elle reprenait conscience de la réalité qui l'entourait, elle avait l'impression d'être avalée par un gouffre insondable. Elle n'avait agi qu'en fonction de ce qu'elle avait ressenti, guidée par ce qui vibrait au fond d'elle. Elle découvrait de façon brutale que ce comportement jetait sur vous l'opprobre et vous couvrait de honte. Jean et sa femme ne la jugèrent pas, ni ne l'accablèrent, pas plus que son amie Elisabeth, qui venait la voir chaque jour, mais elle n'en devenait pas moins une gêne. Elle avait été réduite au rôle de maîtresse, délaissée, comme tant d'autres, par un homme qui n'aurait jamais à souffrir d'avoir séduit et attrapé une proie de plus. Zélie apprenait à ses dépens qu'Alfred avait raison : tout se calculait.

Après l'abîme de douleur, ce fut la colère qui s'empara d'elle. Le monde devint amer, les hommes, des parasites. Elle fut comme giflée, de manière ininterrompue, pendant des mois. Images et sons se superposaient en des plaques froides et coupantes qui venaient se pulvériser contre elle, cracher leurs morceaux de haine. Elle se remémora les insultes qui avaient fusé face à l'adversité, lors de l'épidémie de peste : « Sales jaunes, porcs, va ! », « Foutez le camp ! » « Boîtes à merde », « T'es qui toi ? », « Retourne foutre le bordel chez toi ». Celles balancées pendant les trois jours terribles d'attente à Ellis Island… Elles tournoyaient en elle comme des rapaces, becquetant ce qu'il restait de lumière, recrachant des ombres, partout, jusqu'à la faire vomir. Les hommes et leurs calculs. Les hommes et leur besoin d'avoir le dessus sur tout, de réduire, d'écraser, d'aplatir.

– Écris tout ça, lui conseilla Zhang Lin avec le plus grand sérieux. Note ce qui te ronge sur une feuille. Et ensuite, brûle-la.

– Pour quoi faire ?

– Pour t'en débarrasser. Il ne faut jamais garder le mal en soi, ou à proximité.

Quoique perplexe, elle suivit le conseil et s'attela à la tâche. Au début, ce fut terrible. Elle n'osait pas. Donner vie à des phrases dans l'unique but de les brûler et laisser émerger la noirceur qui l'habitait était déstabilisant.

– Imagine que c'est de la boue, et que tu vas tout nettoyer à l'eau claire. Tu écris et tu chasses, tu écris et tu laves. Comme si ton intérieur était une maison envahie par un torrent de terre et de branches d'arbres morts.

Cette image lui parla d'emblée. Provoqua un tressaillement, une fissure. Zélie sut alors qu'il lui fallait aller chercher sa nuit, accepter que ça claque, que ça hurle, avant de pouvoir rapprivoiser la lumière.

22

Il lui fallut des mois pour retrouver l'élan, l'envie de réintégrer cette vie qui l'avait trahie. Aimer ne conduisait-il qu'à cela ? À cette déchirure ?

Les premiers temps, elle avança sur la pointe des pieds, méfiante. Elle se cantonnait aux gestes du quotidien, s'appliquait à ne mettre aucune émotion dans ce qu'elle pouvait faire. Ne pas être repérée et devenir une cible potentielle pour le malheur. Il lui fallait revenir dans le circuit en laissant penser qu'elle ne l'avait jamais quitté. Gommer les aspérités, réarticuler le corps, lisser la tenue. Elle ne se laisserait plus avoir. Plus question de subir les événements. Plus question d'être un pion sur l'échiquier de l'existence, de la sienne d'abord, des autres ensuite, qu'il s'agisse de ses frères, d'Aleksander ou de quiconque. Plus question qu'elle autorise qui que ce soit à lui distribuer les bons ou les mauvais points.

À peine entrée dans la partie, elle en avait été éjectée. En un sens, c'était presque tranquillisant d'être dépourvue d'illusions. Désormais, elle s'efforçait de ne rien laisser déborder. Ouvrait la bouche, obéissante, pour recevoir la becquée de jours sans saveur mais qui, doucement, la ramenaient parmi les vivants.

– Tu vas t'en sortir, lui répétait Elisabeth. Un jour après l'autre. Ne projette rien, ne t'en demande pas trop.

Zélie crut pouvoir garder le cap d'une direction qu'elle pensait salutaire : traverser ces jours de tempête sans plus rien espérer, sinon qu'ils durent le moins longtemps possible.

Pourtant, une chose en elle avait survécu : son désir d'écrire. Plus elle mettait d'ardeur à dépouiller ses heures de relief, à faire en sorte qu'elles s'enchaînent sans à-coup, sans ivresse, plus ce désir grondait, soufflait en vents contraires.

Deux forces antagonistes étaient aux prises. Deux récits. Celui de la perte, factuel, qui se riait de sa crédulité, la réduisait à n'avoir été qu'une passade dans la vie d'un homme. Et, face à lui, l'autre récit, celui qui lui permettait de s'élever au-dessus des toits qui coupaient le ciel, le déchiraient de leur suffisance. Ce récit-là ne prendrait pas racine dans la rancœur et l'amertume. Il ne conserverait que les instants qui n'avaient pas menti, ce qui avait été déposé sans contrepartie. Ce récit-là lui proposait une autre partition que celle de la femme abandonnée, pauvre petite chose éplorée, condamnée à être victime de sa crédulité. Puisqu'elle pouvait écrire, puisqu'il lui restait encore cela, comme ne cessait de le lui rappeler Jean depuis son retour de Seattle, elle pouvait mettre à distance ce qu'elle vivait, le recréer ; elle pouvait donner chair à une réalité qui lui appartenait. Son frère voulait la convaincre de reprendre la plume.

– C'est par elle, Zélie, que tu te relèveras. J'en suis sûr.

Jean aimait les ponts, les liens tissés par-delà les époques. Ceux qui nous font nous sentir à la fois minuscules et les fruits d'une histoire bien plus grande que la nôtre. Il adorait parler à sa sœur du travail des copistes, au Moyen Âge, qui réécrivaient sur d'anciens parchemins, juxtaposant ainsi les couches de vie. Il fallait qu'elle retrouve confiance en elle, qu'elle se saisisse de sa douleur pour produire quelque chose de neuf. Il n'y avait que cela à faire. Zélie devait retrouver la certitude qu'elle aussi avait son propre rôle à créer et à interpréter.

– Je ne peux pas me mettre à ta place, sœurette, et je ne voudrais surtout pas avoir l'air de te donner des leçons de morale, tu sais que ça n'est pas mon truc. Mais s'il y a une chose que j'ai retenue de toutes les interviews que j'ai pu faire depuis que je bosse pour Walter, c'est qu'on est seul dans l'épreuve. On peut pester, s'apitoyer, se récrier contre tout, ça ne changera rien. Soit tu déposes ta capacité d'agir et tu te laisses terrasser par les événements, soit tu enfourches le tigre et tu gravis la montagne.

– Qu'est-ce que c'est que cette histoire de tigre ? s'étonna Zélie.

– C'est un animal emblématique des postures de qi gong. Tu demanderas à Zhang Lin, elle se fera un plaisir de t'expliquer, répondit Jean, satisfait d'avoir réussi à susciter la curiosité de sa sœur.

La victoire était loin, mais elle se jouait à chaque étape, à chaque pas franchi, aussi petit serait-il. Elisabeth, Zhang Lin et lui n'avaient nulle baguette magique, mais ils étaient là. Progressivement, elle se rendit compte que si elle ne pouvait encore affirmer qu'elle avait retrouvé le goût de vivre, celui de l'écriture avait ressurgi avec une puissance que Zélie elle-même ne comprenait pas. Peu importait d'ailleurs. Elle avait la certitude que sa vie passerait par elle, avant toute autre chose. Elle enfilerait les mots, comme Doris devait enfiler les colliers de perles. Mais ses joyaux à elle seraient infinis.

La première étape consistait à reprendre contact avec Walter Grant, à s'excuser de son absence en espérant qu'il accepte de la réintégrer à son équipe. Elisabeth, qui n'avait rien révélé à son père des tourments de son amie, intervint. Jean appuya aussi la demande de sa sœur. Mais ils n'eurent pas de grandes difficultés à obtenir que Zélie collabore à nouveau avec *Le Franco-Californien.* Son travail avait été plus que satisfaisant, et Walter Grant regrettait qu'elle n'ait pas été plus disponible ces derniers temps, d'autant que l'une de ses journalistes allait accoucher et qu'une plume de plus ne serait pas de trop. Zélie reprit donc ses activités, renouant peu à peu avec l'enthousiasme de ce métier qui lui réservait toujours des surprises. Une chance en cette période où elle avait besoin d'une grande bouffée d'oxygène.

Elle décida aussi, à leur invitation, de prolonger son séjour chez son frère et sa belle-sœur. Cela ne pourrait pas durer éternellement, mais elle goûtait auprès d'eux les joies simples et essentielles de l'existence ; elle se sentait à sa place. Elle retardait autant que faire se pouvait le retour à l'hôtel, consciente qu'elle aurait alors une discussion franche avec ses frères, et espérant qu'ils l'entendraient, à défaut de la comprendre.

Zélie attendit Thanksgiving pour leur parler. La fête, cette année, était prévue chez Jean et Zhang Lin.

– Ça va aller, ne t'en fais pas, l'encouragea sa belle-sœur. C'est le bon moment. On arrive en fin d'année, c'est parfait pour initier de nouveaux projets. Et puis tes frères ont eu le temps de s'habituer à ton absence. Cela fait des mois que tu n'es plus retournée à l'hôtel.

Zélie était bien d'accord avec elle, mais connaissant Alfred et Georges, elle doutait qu'ils acceptent sans mot dire sa décision. Ses craintes furent confirmées lorsque, au moment du dessert, elle prit son courage à deux mains, et leur expliqua qu'elle n'avait pas l'intention de reprendre son poste à l'hôtel, qu'elle voulait, elle aussi, vivre de ses écrits. Ni Alfred ni Georges ne masquèrent leur colère et leur déception. Pour eux, c'était une trahison de plus. Une trahison de trop. Les voix s'échauffèrent autour de la table. Que ce soit Jean ou elle, tous deux étaient des irresponsables et des égoïstes. Ils faisaient voler en éclats leurs espoirs, l'esprit de famille et leurs ambitions communes. Alfred entreprit d'écrire sur-le-champ à leurs parents, qui ne manqueraient pas d'être terriblement peinés et déçus de la situation. Pour Zélie, c'en fut trop et elle s'emporta. Comment osait-il les prendre ainsi à témoin alors qu'ils vivaient loin, qu'ils n'avaient aucune idée de ce qu'elle avait pu traverser ? C'était son rôle d'aîné, lui opposa Alfred. Il fallait bien que quelqu'un explique aux parents ce qui se tramait ici, les avertisse que leur fille chérie avait complètement perdu les pédales et n'écoutait rien. Jean et elle les abandonnaient lâchement, malgré tout ce qu'ils avaient fait pour eux. Zélie vacilla un court instant, elle eut envie de crier à son frère de se taire, de rembobiner le fil du temps, ou de l'arrêter avant qu'il emprunte cette voie à l'issue incertaine. Elle aurait voulu lui expliquer qu'elle n'avait jamais voulu les laisser tomber. Elle aurait voulu que Georges s'interpose, qu'il prenne enfin le risque de s'opposer à Alfred. Mais devant son regard fuyant, elle sut qu'il ne ferait rien. Il attendrait que l'orage passe, en priant pour qu'il y ait le moins de dégâts possible.

Alfred faisait face à sa sœur, debout. Le regard qu'il eut pour elle n'était que douleur.

– On a tout accepté, lâcha-t-il.

– Je t'assure que je…

En réalité, elle ne pouvait rien lui assurer du tout. Il n'avait pas plus tort qu'elle. Aucun d'entre eux n'avait tort. Ils étaient eux aussi deux récits contradictoires, deux vérités irréconciliables.

Ce jour-là, elle s'en souvient parfaitement, elle a tourné le dos à ses frères. Elle a refusé de les accompagner dans leur projet, de s'investir dans cette entreprise qu'ils voulaient familiale, qu'ils avaient bâtie pour leur fratrie. Elle a préféré n'écouter qu'elle et son besoin impérieux d'écrire. Elle s'est choisi une autre voie que celle qu'ils avaient tracée pour elle.

Mais, dans le même temps, elle avait enfin cessé de se trahir elle-même, et elle assumait de payer le prix qu'il faudrait pour ne plus jamais s'éteindre. L'encre coulait dans ses veines. Plus qu'un choix, écrire s'imposait comme une nécessité. Comment respirer si l'on est privé d'air ? Finalement, c'était aussi simple que ça. Rester travailler et vivre avec Alfred et Georges impliquait un sacrifice qu'elle refusait. Zélie faisait le deuil d'une rupture après avoir passionnément aimé, et elle acceptait cette douleur. Mais pas le regret. Or, c'était ce vers quoi elle se dirigeait si elle renonçait à prendre le risque d'exister par et pour elle-même. Mais oui, à son corps défendant, elle avait poignardé ses frères en faisant cela.

Le lendemain matin, la jeune femme, accompagnée par Elisabeth, retourna une dernière fois à l'appartement de ses frères. Ni Alfred ni Georges ne s'y trouvaient. Elles récupérèrent les quelques affaires qui restaient dans la chambre et refermèrent la porte d'entrée avant de s'engouffrer dans les rues animées et indifférentes de San Francisco.

23

Zhang Lin observa sa belle-sœur se battre de longs mois contre la souffrance, poser des mots, les uns après les autres, retrouver par moments un éclat sur le visage. Peut-être la pratique de la méditation pourrait-elle aider Zélie, pensait-elle. Car celle-ci devait « faire de la place », dégager de l'espace intérieur. Pour l'heure, Aleksander, en chef d'orchestre, battait encore la mesure en elle, lui impulsait le mouvement, ou ordonnait le silence. Zhang Lin le devinait. Elle hésita longuement. Sa belle-sœur n'allait-elle pas la prendre pour une illuminée ? Accepterait-elle de s'ouvrir à cet art ancestral méconnu du monde occidental ?

Elle finit par se décider. Après tout, qui ne tente rien n'a rien.

– Ce n'est pas un remède miracle, c'est même une discipline exigeante et souvent difficile, mais tu verras, si tu pratiques chaque jour, tu en percevras les bénéfices. Je sais que ça peut paraître étrange, mais je t'assure qu'en Chine, méditer fait partie de notre quotidien, comme se nourrir ou travailler. Cela contribue à notre équilibre. Et en plus, tu n'as besoin que de toi pour le faire.

Apparemment, cela n'avait rien de sorcier. Il s'agissait de rester immobile, le dos bien droit, assise sur le rebord d'une chaise ou bien par terre, en tailleur, et de se concentrer sur sa respiration tout en accueillant « ce qui vient ». Un peu surprise de prime abord, et décontenancée, Zélie accepta, pour ne pas vexer Zhang Lin, d'expérimenter cette pratique en laquelle cette dernière croyait dur comme fer. Elle ne voyait pas très bien en quoi « faire le vide » lui serait salutaire, mais enfin, essayer ne lui coûtait pas grand-chose. Du moins le croyait-elle…

En réalité, ses premiers essais furent une torture. Ce que Zhang Lin lui demandait était contre nature : qui reste ainsi, figé, des dizaines de minutes durant, sans rien faire d'autre que d'être présent à soi-même ? Zélie avait mal partout, luttait contre des torsions du corps qui la faisaient grimacer de douleur (exactement ce qu'il ne faut pas faire, lui expliqua Zhang Lin). Mais surtout, elle se sentait assaillie par un flot de pensées qui martyrisait son cerveau. Elle ne savait pas que son esprit contenait tant de voix discordantes.

– C'est normal, au début, ne t'inquiète pas. Justement, c'est que ça fonctionne, la rassura Zhang Lin, ravie. Accroche-toi, d'ici quelque temps, les choses vont s'apaiser et tu trouveras davantage de paix en toi.

Zélie ignorait ce qu'elle insinuait par « d'ici quelque temps », et poursuivit ses séances avec elle, chaque matin, avant de partir au journal. Après quelques semaines, elle se rendit compte que les voix qui hurlaient à l'intérieur s'étaient calmées, et qu'elles s'éloignaient. Une sorte de vide s'était installé, et elle avait enfin l'impression de respirer plus librement.

« Murs, portes et fenêtres forment la maison, mais c'est le vide en elle qui permet d'y habiter », explique le philosophe Lao Tseu, dans le *Dao de Jing**.

Ne pas en avoir peur, le considérer comme une opportunité, un espace de recréation. Plus facile à dire qu'à faire. Mais petit à petit, elle sentait que quelque chose se débloquait. Elle retrouvait du mouvement, pouvait percevoir comme des vagues en elle, et apprenait à accueillir une forme de vacuité intérieure. Contre toute attente, elle ne lui parut pas effrayante comme elle l'avait imaginé. Ça circulait de nouveau, et séance après séance, elle se « dépétrifiait ».

Zhang Lin lui expliqua l'un des symboles de la pensée asiatique, qu'elle avait peut-être déjà vu : le cercle représentant le yin et le yang, entrelacés, chacune des deux parties contenant en elle un peu de l'autre. Le yin étant le principe du féminin, de ce qui est caché, de l'ombre, et le yang, celui du masculin, le versant solaire, la force agissante.

– Et si tu observes leur ligne de démarcation, tu verras que c'est une ligne courbe.

– Un mouvement…

– Exactement. Toute notre médecine et notre philosophie reposent sur cette observation de départ : tout change, se meut, se transforme. Et c'est toujours ce qui est souple, ce qui circule, qui l'emporte sur la puissance apparente de l'autre, figé dans ses certitudes. L'eau sculpte et érode les falaises, façonne les paysages. La roche finit toujours par être polie par la force d'un

* Le *Dao de Jing*, traduit en français par *Le Livre de la Voie et de la Vertu*, est un ouvrage que la tradition attribue à Lao Tseu, le fondateur du taoïsme en Chine. La date d'écriture du livre, qui se situerait autour du VIe siècle av. J.-C., reste incertaine.

torrent. Nous sommes de la même nature. Plus tu chercheras à te dresser contre ce qui vient, et plus cela te brisera.

Zélie écouta avec attention, car elle n'avait jamais envisagé les choses sous cet angle. Pour elle, la force était du côté de celui qui résiste, de celui qui frappe le premier. Mais cela n'était peut-être valable que pour les combats éclair, les joutes du quotidien. Pour les résolutions qui engagent une vie ou en donnent la direction, les forces en présence étaient autres, et requéraient d'autres techniques de combat.

Elle songea que leur père aurait adoré entendre les paroles de sa belle-fille. Elle lui ressemblait, d'une certaine façon, par les liens qu'elle maintenait et chérissait avec la nature autour d'elle, son observation minutieuse, et la sagesse qu'elle en retirait.

– Tu vois, poursuivit-elle, l'acupuncture aussi fonctionne à partir de ce constat. Que fait-on lorsque l'on pose des aiguilles sur les méridiens du corps ? On relance le mouvement, on débloque les nœuds qui empêchent l'énergie de circuler.

– C'est incroyable. Ça paraît simple et évident, et en même temps, je me doute que c'est plus complexe qu'il n'y paraît.

La curiosité de Zélie était piquée au vif. Elle voulait absolument en apprendre davantage sur ces us et coutumes inconnus que Zhang Lin, à elle seule, incarnait. Elle pressentait tous les bénéfices qu'il y avait à envisager ainsi le monde. Elle était persuadée de découvrir dans le taoïsme des éléments éclairants. Il lui suffisait d'observer son frère, imprégné de cette philosophie depuis plus longtemps qu'elle, pour se rendre compte qu'elle en avait beaucoup à apprendre et elle se fit la promesse, dès qu'elle le pourrait, de se procurer des ouvrages sur le sujet. En attendant, elle était l'élève très disciplinée de Zhang Lin. Elle intégra la méditation à son quotidien, et ne commença plus une journée sans une séance, même de courte durée lorsqu'elle avait des papiers urgents à rendre.

Zélie se relança dans le travail à corps perdu, arpentant la ville pour rencontrer tel artiste, assister à tel spectacle, voir telle exposition, couvrir telle cérémonie officielle. Elle enchaînait les articles témoignant du dynamisme culturel de la ville, tandis que Jean poursuivait son travail d'exploration sociale et économique.

Son frère et elle se croisèrent davantage qu'ils ne se virent pendant cette période, et les mois s'écoulèrent à leur insu, chacun étant absorbé par ses articles. Mais ils s'octroyaient, une fois par semaine, un dîner tous les trois.

Un an plus tard, Zélie était toujours chez eux. Lorsqu'elle en parla avec Jean, il lui répondit que rien ne pressait, sauf si elle préférait trouver un logement où elle serait totalement indépendante. Mais pour Zhang Lin comme pour lui, sa compagnie ne les dérangeait pas le moins du monde, bien au contraire.

24

—

Février 1905.

Walter Grant fut convié à l'un de leurs dîners hebdomadaires, où il fut question de politique, évidemment, de l'avenir, toujours plus glorieux, que l'on promettait à San Francisco, et plus largement à la Californie. Le *gold rush* avait déjà attiré quinze mille immigrés depuis les années 1850, et semblait une manne inépuisable. Walter Grant leur confia avoir investi une partie de sa fortune personnelle dans plusieurs concessions, dans le Klondike, près de Dyea et de Dawson.

– J'aimerais envoyer une équipe là-bas pour suivre un de ces groupes d'aventuriers en quête d'or depuis Vancouver jusqu'au Klondike, et réaliser un reportage sur ce voyage réputé si difficile. Mais le froid est si redoutable que cela décourage les plus téméraires. Et l'expédition de 1898 n'a pas arrangé les choses…

– Je suis prêt à relever le défi, lança Jean avec enthousiasme.

Walter Grant leva les yeux vers lui, comme s'il cherchait à vérifier qu'il avait bien entendu. Zhang Lin le regarda elle aussi, surprise par cette décision inattendue. Zélie, quant à elle, savait que ses paroles n'étaient en rien des propos destinés à obtenir une promotion ou à se faire bien voir de son patron ; cela répondait à un désir profond de son frère qui rêvait de ces espaces sauvages et, d'un sol de glace à fouler. Il aspirait, qui plus est, à suivre les traces d'un homme qu'il admirait, un dénommé Jack London, originaire de San Francisco, et qui n'était alors qu'aux prémices de sa brillante carrière d'écrivain. Comme lui, il voulait franchir le fameux col Chilkoot, qui avait laissé à ses pieds soixante-dix mille hommes sur les cent mille prétendants au titre de Klondikers, en 1898, lors de la première ruée vers l'or dans le Yukon. Jean avait lu, avant qu'il ne soit publié en 1903, son premier roman, *L'Appel de la forêt*, paru en feuilleton dans *The Saturday Evening Post*. Ce texte le percuta de plein fouet, et alluma en lui un feu qui ne s'éteindrait plus.

Déjà, lorsqu'ils vivaient dans le Champsaur, Jean avait été subjugué par *Michel Strogoff*, de Jules Verne. Ce qui le fascinait, c'était la magnificence des paysages enneigés, décrits dans le roman. Ces plaines de Sibérie, qui auraient fait frémir n'importe qui, l'attiraient plus que tout. Jean aimait ce qui était vaste, depuis l'envergure des ailes des rapaces jusqu'à celle des grand-voiles dans les récits d'aventures qu'il dévorait enfant. La lecture de *L'Appel de la forêt* fut un coup de foudre. Le terreau de ses fondations intérieures.

Aussi, sa sœur ne fut nullement étonnée de l'entendre se porter volontaire pour une telle expédition. Le danger ne lui avait jamais fait peur, et il espérait, tout au contraire, se confronter à son tour aux conditions extrêmes de ces chercheurs d'absolu, comme il les nommait.

– Mon jeune ami, répondit Grant, je crois que j'ai bien fait de venir dîner chez vous ce soir. C'est entendu. Passez à mon bureau demain, nous reparlerons des formalités et des détails pratiques de votre reportage. Il faudra bien prévoir deux mois pour cette expédition. En partant mi-juin, après la fonte des glaces, votre époux sera de retour à la fin de l'été, ajouta-t-il pour Zhang Lin.

Jean s'était proposé pour ce reportage sans se préoccuper des conséquences, à savoir laisser seule et folle d'inquiétude sa femme. Après le départ de Walter Grant, Zhang Lin n'y tint plus. Que lui manquait-il ici qu'il allait chercher si loin, dans des contrées sauvages et hostiles ? Pourquoi avait-il délibérément choisi de s'éloigner d'elle, de sa vie avec elle ?

L'euphorie de Jean retomba aussi vite qu'elle était montée. Il était désolé. Terriblement désolé. Cela n'avait rien à voir avec son amour pour elle. Il n'avait pas réfléchi, c'était sorti comme ça, de façon irrépressible. Il ne lui avait jamais caché ce sentiment de liberté qu'il ressentait lorsqu'il était plongé au cœur de la nature. Cette soif d'arpenter des territoires vierges, de se perdre dans un hiver souverain.

Zhang Lin pleura, et Jean la consola. Il promit de faire très attention et d'écrire le plus souvent possible. Il ne resterait pas un jour de plus que nécessaire. Et puis, il ne partait pas le lendemain. Ils avaient le temps d'apprivoiser l'idée.

Portés par l'enthousiasme de Jean, trois autres collègues prirent part à l'aventure. Ils furent donc quatre à quitter San Francisco le 22 juin 1905. Un premier bateau devait les mener jusqu'à Seattle. Puis un deuxième à Vancouver. Là, enfin, ils prendraient un navire qui assurait la liaison jusqu'à Skagway, via le canal Lynn.

Plusieurs escales étaient prévues pour prendre des voyageurs, à Juneau, Victoria, notamment. Les passagers étaient en grande majorité des ouvriers travaillant dans les concessions de mines d'or, des commerçants, ou de simples employés de bureau. Les effectifs baissaient, cependant, depuis quelque temps. Même si la région demeurait attractive, l'âge d'or qu'elle avait connu à la toute fin du XIXe siècle semblait s'éloigner, et l'on sentait poindre le déclin économique. L'or ne coulait plus à profusion, tandis que les conditions de vie, elles, demeuraient extrêmes. C'était précisément l'intérêt de ce reportage, selon Walter Grant. Témoigner de ce qui, d'ordinaire, devait rester dans l'ombre. Jean était du même avis, en dépit du souci qu'il savait causer à sa femme, tout comme à sa sœur, même si celle-ci le comprenait. Mais Zélie se mettait aussi à la place de Zhang Lin, qui voyait son jeune mari lui préférer une excursion périlleuse. Si ce voyage n'avait pas surgi si brusquement, si elle avait pu au moins en discuter avec Jean, cela aurait été moins douloureux pour elle que de se trouver impuissante devant le fait accompli. Que ferait-elle, d'ailleurs, durant ces longs mois, sans lui ?

Elisabeth et Zélie se persuadèrent que cette absence était une opportunité. Une chance même pour Zhang Lin de s'associer à un projet dont elles avaient récemment ébauché les grandes lignes, sans avoir encore pris le temps de se pencher sur ses conditions de réalisation. Le moment leur parut idéal pour passer leur idée au tamis du réel.

Elisabeth alla trouver son père, Zélie sur ses talons. Walter Grant jugea leur proposition audacieuse, novatrice, et pertinente pour apporter une valeur ajoutée au journal en se démarquant de la concurrence. Un bureau, au rez-de-chaussée, ferait l'affaire. En moins d'une semaine, l'idée fut concrétisée.

« Au service des mots ». Tel était le titre de l'annonce que pouvaient désormais découvrir les lecteurs du *Franco-Californien*.

Ce qu'elles proposaient était simple : un service de prête-plumes, pour aider ceux qui en auraient besoin à entreprendre toutes sortes de démarches : formalités administratives, correspondances privées, courriers de réclamation…

Zhang Lin accepta avec joie de faire partie de l'équipe. Elle maîtrisait parfaitement l'anglais, le chinois, et se débrouillait très bien avec le japonais. Elisabeth serait parfaite pour guider les clients dans les méandres de la paperasse administrative. Quant à Zélie, elle avait sa plume française, et celle, plus fragile mais qui se consolidait mois après mois, américaine.

Un tarif spécial fut proposé aux abonnés, dont le nombre grossit en l'espace de quelques semaines, et leur bureau, qui attira d'abord quelques curieux, ne désemplit plus, au point que Zélie eut rapidement du mal à gérer son travail de journaliste et son nouveau poste d'écrivain public. Elles n'étaient pas trop de trois pour répondre à la demande croissante.

On vint dans un premier temps les trouver pour remplir des formulaires administratifs, obtenir une aide financière du gouvernement, s'informer sur ses droits et le fonctionnement de la vie civile américaine. Puis une poignée de clients sollicita leur aide pour rédiger des lettres à des proches, restés en Europe.

« Je voudrais écrire à mes parents, mais je n'arrive pas à trouver les mots justes. J'ai peur de leur faire de la peine, vous comprenez ? » « Ce que j'ai à annoncer à ma femme est un peu

délicat. Est-ce que vous sauriez comment formuler… ? »
« J'aimerais dire à mes enfants… mais je ne sais pas comment. »

C'est ainsi que Zélie, Zhang Lin et Elisabeth devinrent un relais entre les êtres, qu'elles commencèrent à créer des passerelles. Leur mission : transmettre un message, un désir, une espérance, dire la réussite comme la défaite. Nourrir l'avenir d'inconnus voués à le rester. Elles imaginaient les mains qui tiendraient les lettres, tremblant légèrement avant qu'un sourire ne s'affiche sur le visage de son destinataire, ou à l'inverse, qu'une ombre ne vienne en voiler le regard.

Zélie fut d'abord très mal à l'aise dans l'exercice. Pénétrer l'intimité des gens la bousculait. Elle avait l'impression de faire irruption dans un lieu où elle était de trop. Mais rapidement, ses craintes furent balayées par le soulagement qu'elle voyait chez ses interlocuteurs, par les marques de reconnaissance qu'ils lui témoignaient. Certains revenaient la voir pour partager la réponse qu'ils avaient reçue, et la remercier.

Zélie s'épanouissait entre ces deux pôles d'écriture. L'existence l'avait plaquée à terre, elle n'avait pas dit son dernier mot. Alors elle se l'était juré : elle vivrait désormais, et pour toujours, de l'odeur entêtante de l'encre.

25

Tout prenait sens. Écrire la ramenait aux territoires de l'enfance, dans lesquels aucune frontière entre le visible et l'invisible n'était marquée, où l'on pouvait tout. Dans ces espaces-là, le réel n'avait pas de main pour faire ployer la nuque. Il ne diminuait rien, ne rétrécissait rien. Il n'imposait pas une manière de voir, mais ouvrait au contraire sur l'horizon. Il invitait, sans convoquer.

Ces dernières années, Zélie avait tout fait pour prouver qu'elle méritait d'être là. L'avait-elle fait pour ses frères, pour ses parents, pour que la société l'adoube ? Cela n'avait plus la moindre importance.

Elle s'était figurée cernée par des juges, et s'était d'elle-même assise sur le banc des accusés. Il fallait qu'elle justifie sa présence ici, qu'elle montre son ardeur à la tâche, sa volonté d'agir, de remplir le cahier des charges qui lui était dévolu. Travailler à l'hôtel avec Alfred et Georges avait apaisé ces injonctions-là. Ses efforts étaient visibles, mesurables, quantifiables. On avait pu la voir ouvrir la réception, accueillir les clients. On avait pu se rendre compte du nettoyage qu'elle effectuait lorsque, à midi, les lits étaient faits et les chambres prêtes. On était capable de lui dire si oui ou non le menu qu'elle avait composé tel jour était réussi, ou si au contraire, les pensionnaires n'avaient pas apprécié. Elle avait des preuves tangibles de son implication, et elle en avait tiré une certaine fierté.

Puis, grâce à Jean, elle avait plongé dans le monde du journalisme. À pas chancelants. Écartelée entre un bonheur inespéré et la culpabilité d'avoir fait un pas de côté, d'avoir rompu l'accord tacite passé avec ses frères aînés. Lorsqu'elle avait appris la vérité pour Aleksander, et que tout s'était effondré, Zélie s'était persuadée un temps que la vie la punissait pour avoir désiré trop fort, aimé trop fort, et cru que son bonheur était à portée de mains.

Comment écrire après cela ? Quand tout est asséché, et qu'aucune sève ne monte plus en soi. Elle s'était fourvoyée pour Aleksander. Peut-être s'était-elle aussi trompée sur le destin qu'elle s'était choisi ? Elle n'était pas suffisamment naïve et prétentieuse pour se croire la seule capable de rédiger des critiques de théâtre, ou d'exposition. Un article est un article, et les yeux qui le parcourent cherchent des renseignements, des idées. Que le papier soit rédigé par elle ou quelqu'un d'autre n'avait aucune espèce d'importance pour les lecteurs. En revanche, il en allait tout autrement pour les lettres qu'elle écrivait pour ses clients depuis qu'elles avaient ouvert, ses amies et elle, leur « succursale d'écriture ». Une fois de plus, Zhang Lin avait raison avec ses histoires de vide. Elle avait dû, bon gré mal gré, s'oublier pour tendre l'oreille. Elle avait dû faire taire la musique d'Aleksander, l'envoyer valser. Et cela, elle y était parvenue parce qu'un impératif plus grand que sa douleur s'était dressé face à elle : attraper la main tendue de celui ou celle qui lui faisait face. Prêter les mots qui manquaient à de parfaits inconnus, leur offrir un temps d'écoute, de parole, et un espace pour faire exister leur propre récit.

L'écriture telle que la pratiquaient les trois amies tissait des toiles, reliait les êtres, et s'il leur arrivait encore régulièrement de répondre à des demandes d'ordre administratif, on les sollicitait de plus en plus pour des écrits personnels.

Sans doute était-ce au cours de ces séances d'écriture que tout un pan d'imaginaire se mut en elle, que prirent forme des embryons d'histoires, des ébauches de personnages. Zélie ne faisait que de courtes incursions dans l'existence de ces individus, mais ces parenthèses, intenses, éveillaient son désir d'en savoir davantage, la poussaient, sans même que ce ne soit volontaire, à imaginer la suite, l'émoi du visage qui lirait ses lignes.

L'écriture était une évidence qu'elle ne pouvait s'empêcher de questionner, comme elle le fait encore. Elles étaient alors si peu nombreuses à se lancer et à vivre décemment de leurs plumes. Zélie était très admirative, notamment du travail de Nellie Bly, pionnière du journalisme d'investigation, dont son frère lui avait parlé. Son reportage clandestin sur les conditions des femmes dans l'asile du Blackwell's Island Hospital l'avait impressionnée, tout comme celui sur les conditions de travail des ouvrières dans une fabrique de conserves. Investigations périlleuses, dénonciation courageuse des conditions de travail des femmes, cette journaliste n'avait décidément pas froid aux yeux ! Elle avait tout osé, et tout réussi. Même le tour du monde, qu'elle avait accompli plus vite que les héros de Jules Verne qu'elle voulait défier.

Quant à Zélie, si elle se sentait liée à cette femme par les mêmes exigences du métier, elle savait que son écriture la conduisait ailleurs, qu'elle allait puiser ses racines dans d'autres territoires. Écrire était pourtant leur façon à chacune d'habiter le monde.

Cette époque, qu'elle se remémore avec tendresse, fut une bulle de joie. Zhang Lin, Jean, Elisabeth et elle partageaient l'univers qu'ils aimaient. Jean était rentré de son périple en Alaska plus déterminé que jamais à réitérer l'expérience, les poches garnies de carnets de notes, et épris d'un rêve auquel Zélie savait qu'il tenait plus que tout : s'installer là-bas. Au plus près du blanc. Il y avait rencontré des mineurs, des commerçants, des agents de l'État aussi, de tous âges et toutes origines. Beaucoup venaient du sud de la Californie, certains du Texas ou de l'Oregon ; tous pour tenter de faire fortune. L'époque n'était plus celle de la fièvre des premiers gisements d'or, mais le Yukon attirait encore. Jean avait pu discuter avec des prospecteurs, mineurs, dont certains étaient installés depuis le début du *gold rush*. Ils avaient contribué à bâtir et à rendre prospères des cités comme Dawson. D'autres s'initiaient à cette vie double : l'été sur le territoire du Yukon, l'hiver de retour chez eux. Bien sûr, cela demandait des sacrifices : s'éloigner des siens, laisser bien souvent derrière soi femme et enfants, endurer des températures extrêmes pour ceux qui ne retournaient pas au pays, une fois l'hiver installé. Moins cinquante, voire moins soixante degrés, étaient les températures attendues en ces contrées.

À Dawson, on lui raconta mille récits de la découverte de l'or alluvionnaire par George Carmack, en août 1896, mille autres de l'arrivée des premiers chercheurs, dont faisaient partie Arthur Harper, Jack McQuesten ou encore Al Mayo. On lui raconta comment la ville de Dawson était sortie de terre en un rien de temps, pour faciliter l'installation des mineurs, l'épreuve que représentait le passage du col Chilkoot, avant qu'une ligne de chemin de fer ne relie Skagway à Whitehorse en juillet 1900. Trente-trois kilomètres d'une ascension terrifiante, sur un sentier obstrué par la glace, la neige, les avalanches, où on devait non seulement se hisser soi-même, mais réussir à transporter la tonne de matériel et de nourriture exigée par la police montée du Nord-Ouest. Une fois en haut, il fallait encore construire des radeaux de fortune pour descendre les eaux tumultueuses du Yukon. Jean absorbait tout cela, tentait de reconstituer, par bribes, ce qu'avaient pu être ces expéditions.

Mais s'il était venu pour entendre les hommes, l'histoire de plusieurs femmes le stupéfia au point qu'il décida de leur accorder une place privilégiée dans sa série d'articles. Jean était impressionné par tout ce que les hommes avaient mis en place pour survivre dans un environnement aussi hostile. Mais il l'était plus encore devant la force de caractère et l'endurance des femmes. Nombreuses étaient celles qui tenaient un commerce, un restaurant, aux côtés de leur mari. D'autres le faisaient seules. La plupart d'entre elles étaient prospectrices, danseuses, artistes, infirmières, ou encore prostituées, et assumaient cette vie. Rapidement, Jean entendit parler de Katherine Ryan, l'une des premières aventurières à avoir emprunté la route Stikine, l'une des plus dangereuses pour atteindre le Yukon. Cette dernière, expliqua-t-on à Jean, réussit à convaincre la police montée de l'emmener avec elle contre préparation des repas pour l'ensemble du contingent. Elle vivait depuis 1900 à Whitehorse, où elle travaillait à temps partiel pour la police, et le reste du temps dans le commerce qu'elle tenait en ville. On lui parla aussi de Belinda Mulrooney, surnommée « la femme la plus riche du Yukon » et de Martha Purdy, devenue Martha Black, qui gravit le col Chilkoot en 1898, avec son frère cadet et son cousin, et qui découvrit qu'elle était enceinte de son troisième enfant durant l'expédition.

– Allez donc la rencontrer, lui dit le patron du restaurant dans lequel il déjeunait. Son mari est avocat ici et ils vivent à Dawson. Cette dame est une personnalité comme il s'en trouve peu.

Ce que Jean put confirmer. Une femme étonnante, divorcée, remariée depuis peu avec l'homme qu'elle aimait et qu'elle admirait, mère de trois enfants. Une botaniste hors pair et une intellectuelle pouvant rivaliser avec n'importe quel homme politique du pays. Des destins exceptionnels comme ceux-là ne pouvaient qu'alimenter la plume insatiable de Jean.

Jamais il ne demanderait à sa femme de vivre dans des contrées aussi isolées que pouvaient l'être des villes comme Dawson, Whitehorse, Ruby ou encore Dyea. Il savait très bien qu'elles n'étaient sorties de terre que pour répondre aux besoins de l'économie locale, et qu'elles disparaîtraient aussi vite qu'elles s'étaient construites une fois les gisements d'or épuisés, et les regards gourmands tournés vers de nouvelles aires de jeu. Mais il espérait néanmoins que Zhang Lin accepterait de s'en rapprocher. Vancouver lui paraissait un bon compromis.

Jean ne s'était de toute façon jamais senti chez lui à San Francisco. Cette ville était le territoire de ses frères. Il n'en aimait ni la configuration, ni l'essor, qu'il jugeait excessif, ni le climat. Trop de soleil. Zélie devait le reconnaître elle aussi, la douceur du ciel californien, pour ne pas dire sa chaleur permanente, avait fini par l'irriter. Les hivers haut-alpins lui manquaient, avec tout ce qu'ils charriaient de matins brumeux et d'horizons opaques. Elle se rappelait avec nostalgie l'odeur du café qui se répandait dans la cuisine, alors que le jour paraissait à peine, si pâle dans ses habits de nuit. Elle aimait le crépitement des bûches que l'on jetait dans le poêle, et qui irradiaient ses membres engourdis que le froid, au-dehors, avait saisis, et figés comme les perles d'eau cristallisées au-dessus de la fontaine. Elle aimait ces aubes qui coloraient ses journées, et l'enveloppaient d'une douce étole visible d'elle seule.

Ici, à San Francisco, nul besoin de cheminée, nul besoin de couper du bois, nul besoin d'un potage réconfortant, ni d'une bouillotte au pied du lit. Point de couverture dans laquelle se recroqueviller, point de souffle coupé lorsqu'il faut aller fermer l'étable et que les lèvres se scellent, piquées par la morsure des nuits de décembre.

Elle comprenait son frère, et l'enviait, aussi.

Avait-il déjà parlé de ses projets à sa femme ? À son patron ? S'il déménageait, il lui faudrait retrouver du travail ailleurs. Y avait-il pensé ?

– Bien sûr que j'en ai parlé à Zhang Lin ! Tu penses… Hors de question de reproduire la même erreur que la dernière fois.

– Et qu'en dit-elle ? Elle est d'accord ?

– Pour faire un essai, oui. Mais je lui ai promis que si la vie au Canada ne lui convenait pas, on reviendrait ici. Tu pourrais garder l'appartement ? Je paierai notre part du loyer. Comme ça, tu es tranquille, et nous aussi. Le père de Zhang Lin va nous aider à nous installer à Vancouver. L'un de ses anciens conseillers a un logement pour nous.

Quant à Walter, il n'était pas prêt à perdre l'un de ses meilleurs journalistes. Aussi lui proposa-t-il de continuer à publier dans *Le Franco-Californien*, non plus des articles de société, puisqu'il ne serait plus sur place, mais des reportages, ou des nouvelles, pourquoi pas ? Les abonnés étaient de plus en plus friands de ce genre d'écrits. Si Jean rêvait de grands espaces, de voyages et d'exploration, les lecteurs aussi. De cela, il en était convaincu. Tout comme du fait que la plume de son journaliste valait son pesant d'or.

26

Février 1922.

Zélie se tourne vers les sommets d'acier de Manhattan qu'elle voit rétrécir à mesure que le navire s'élance vers le large. Quelle sensation incroyable que celle de se tenir sur ce pont, d'entamer le chemin en sens inverse. Seule. Elle imagine combien Jean a dû être grisé comme elle l'est aujourd'hui, lorsqu'ils sont partis, Zhang Lin et lui, pour Vancouver, il y a maintenant dix-sept ans. Ils avaient attendu le début de l'année 1906 pour déménager, profitant des fêtes de Noël ensemble, avant de quitter la Californie dans les premiers jours de janvier. Démarrer une nouvelle étape de leur vie. C'est tellement exaltant, se répète-t-elle. En dépit de tout ce qu'on laisse derrière soi, de tout ce qui nécessite qu'on s'en détourne. Mais elle sait aujourd'hui qu'il ne s'agit pas de perte. Ni d'abandon. Ce qui a été vécu demeure. C'est inscrit sur un parchemin qui n'est visible de personne. Pas même de soi. Elle a longtemps cru que la vie s'écoulait comme le sable glisse entre les doigts, sans que l'on puisse rien faire pour en retenir le plus petit grain. La sienne n'y échappait pas, nourrie de rencontres plus ou moins heureuses, et de liaisons qu'elle délaissait aussitôt. Zélie ne renoncerait plus à son indépendance, et l'éventualité de mettre sa vie au « service » d'un homme lui était insupportable. La sienne était vouée à son travail au journal, à son activité d'écrivain public qu'elle avait poursuivie avec Elisabeth après le départ de Zhang Lin, et à ses propres écrits, désormais. Elle en était satisfaite. La présence à travers leurs lettres de ses parents, de son frère, et de ses amies à San Francisco suffisait à réchauffer les matins de Noël et les jours d'anniversaire, à amoindrir le creux qui se formait au fond du ventre en observant les familles, le dimanche, se réunir.

Zélie s'amuse de la frénésie qu'elle a éprouvée, des années durant, en remplissant les pages de son journal intime. Tout noter, tout consigner, avant que ça ne lui échappe. Mais rien ne disparaît vraiment. Elle l'expérimente dans sa chair. Ne s'évaporent que les jours sur lesquels on n'a pas posé son regard, les heures qui n'ont pas été chéries ou empoignées, qu'elles aient été des étreintes d'épines ou des lianes d'or. Zélie n'a jamais aimé les départs ; elle aime les débuts. Les instants suspendus qui précèdent le lever de rideau, où tout est déjà là, en germe, invisible mais palpable par tous les pores de la peau.

Combien de nouveaux chapitres ai-je commencés ? se demande-t-elle, bercée par le roulis des vagues et l'immensité du paysage liquide que vient remplir son regard. Combien de commencements et, surtout, combien de recommencements ?

Elle songe à Alfred et Georges. Des années qu'ils ne se sont pas parlé. Et les chances sont quasi nulles qu'ils se recroisent un jour. Pour se dire quoi ? Elle a remboursé la dette de Jean avec l'argent perçu grâce aux ventes de son premier recueil de nouvelles. Elle sait que ses frères ont atteint leur objectif, qu'ils profitent pleinement de leur rêve américain, grâce à deux recettes de cuisine, simples comme bonjour, qu'ils ont eu l'intelligence d'importer à San Francisco, au moment où ils pensaient avoir tout perdu. Où tout leur avait semblé perdu, à tous.

Ce jour-là, le mercredi 18 avril 1906, la quasi-totalité de la ville, quatre-vingts pour cent, d'après les chiffres officiels, fut détruite en quelques minutes. Juste ce qu'il fallait à la terre pour trembler et renverser comme des châteaux de cartes les constructions que les hommes pensaient indestructibles. Effondrés, les *skyscrapers* qui faisaient la fierté des citadins. Le sol s'était ébroué, réduisant en cendres ces hautes maisons de quinze à vingt étages, présentées comme le summum de la modernité. Le Guillaume Tell ne fit pas exception. Ni le quartier chinois et ses habitations précaires, ni celui de Cliff House, ni l'église Saint-Ignace et son collège de jésuites. Chacun subit la colère sourde et aveugle de la terre. Des demeures les plus luxueuses aux habitats les plus modestes, personne ou presque ne fut épargné. Vingt-cinq mille immeubles furent détruits. On dénombra des milliers de morts et des centaines de milliers de sans-abri. La terre, ce matin-là, ne se contenta pas de trembler. Après deux secousses qui jetèrent la population dans le chaos, un gigantesque incendie se déclencha, provoquant des explosions de conduites de gaz qui firent plus de dégâts encore que le mouvement tectonique. Il fallut plus de trois jours pour circonscrire l'embrasement de la ville, anéantie. On assista à des scènes de pillages telles que le maire, Eugene Schmitz, et le général Funston durent signer un arrêté autorisant la police et les militaires à tirer sur les pilleurs. Quarante-deux banques furent éventrées, des centaines de commerces, centres culturels, restaurants, théâtres, rasés. Seul l'ouest de la ville ne fut pas ravagé par l'incendie.

Zélie se souvient avec précision de la fulgurance avec laquelle elle fut extirpée de son sommeil ce matin-là. Elle était rentrée tard et s'était couchée trois heures plus tôt. Lorsque les premiers remous l'avaient secouée dans son lit comme une vulgaire poupée de chiffon, il lui avait fallu quelques secondes pour savoir si elle était en train de rêver. Très vite, elle comprit. Aux déflagrations qu'elle entendait dehors, aux cris qui lui parvenaient, au mur devant elle qui se fissurait. Elle se rua à l'extérieur, encore vêtue de ses habits de la veille. Éreintée, elle n'avait pas eu le courage de se déshabiller et s'était écroulée sur son lit.

La soirée avait été exceptionnelle. La jeune femme avait assisté à une représentation magistrale de *Carmen*, dans laquelle s'était produit Enrico Caruso, ténor de renommée internationale, plébiscité dans le monde entier et considéré comme le plus grand chanteur lyrique de tous les temps. C'était la première fois qu'elle retournait dans ce lieu si particulier, où tout lui rappelait Aleksander. Elle avait hésité avant de donner sa réponse à Walter. Que valait la rédaction d'une critique d'opéra face à la souffrance qui risquait de ressurgir ? Néanmoins, si elle regardait les choses sous un autre angle, pour quelle raison se priverait-elle d'assister à un spectacle que l'on disait sublime ? Depuis quand avait-elle peur des fantômes ?

La performance des chanteurs, la somptuosité des décors l'avaient subjuguée. Elle fut transportée par la magie de la scène, par la virtuosité des musiciens. Comme pour *Roméo et Juliette*, le livret était en français. Comme pour l'histoire imaginée par Shakespeare, celle de Mérimée mise en musique par Bizet se terminait dans les larmes. Mais Zélie retenait des deux héroïnes qu'elle avait découvertes sur cette même scène, à quelques années d'écart, un courage hors du commun, que l'opéra savait admirablement sublimer. Était-ce la conjugaison du talent de l'orchestre et de celui des chanteurs allié à la puissance de ces deux histoires qui résonnaient en elle avec une telle intensité ? Était-ce parce qu'elle se retrouvait dans l'audace de Juliette qui n'avait reculé devant rien, pas même devant la mort, pour vivre jusqu'au bout son amour ? Était-ce parce que Carmen, dans sa soif absolue de liberté et son refus de tout compromis, lui transmettait un peu de ce courage dont elle craignait de manquer parfois ? Certainement pour tout cela, et plus encore.

Et puis, Zélie se rendit compte en observant le chef d'orchestre devant ses musiciens qu'Aleksander n'avait pas le monopole du génie. Il n'était pas toute la musique. Ce soir-là, il retrouva sa juste place. Était-elle guérie pour autant ? On ne guérit jamais d'un amour comme celui-là. Elle se fit la réflexion que l'on ne guérit pas de l'amour tout court. Comme on ne guérit pas du manque, de l'espérance, du désir, ou de l'émerveillement. Les deux cent cinquante-trois personnes qui participaient à cette production pouvaient être fières d'offrir pareille réjouissance aux spectateurs. Et elle l'écrirait, faisant ainsi sortir l'œuvre de la solitude dans laquelle on tente toujours de la draper. Il faut une armée d'invisibles petites mains pour faire éclater la lumière. Et quelle lumière !

Mais son papier attendrait. Car ce matin-là, personne ne risquait de publier quoi que ce soit. Il n'y avait plus ni journaux, ni presse, ni bureaux, ni quoi que ce soit. Il n'y avait que la dévastation et le désarroi. Des êtres sonnés, dont les pupilles, dilatées, semblaient dire : est-ce bien vrai, tout cela ? Zélie en vit certains perdre la raison, littéralement terrassés par une violence que leur corps refusait d'endurer. Il y eut chez eux comme une dislocation intérieure, un court-circuit. Comment raconter le chaos ?

Les images crépitent dans sa tête comme des flashs, lui plaquent sur la rétine des joues d'enfants brûlées par les larmes, des bouches qui se tordent, des silhouettes qui s'agitent, courent, vont et viennent sans but. Elle réentend les ordres des pompiers, revoit les secours tenter de s'organiser, des policiers se regrouper. Elle pourrait presque sentir la fumée âcre, épaisse et noire qui envahissait tout, recouvrait la ville de minute en minute. Elle se souvient de cette angoisse monstrueuse qui lui lacérait la gorge tandis qu'elle se demandait où étaient ses frères.

Certaines nuits, des yeux exorbités traversent ses rêves, des mains recouvertes de suie et des visages englués de sang caillé. Et puis les cris, ces déchirures assourdissantes qui la terrorisent encore. Comment faire autrement ? Il n'y a plus de mots possibles dans ces moments-là. Plus aucune parole. Ne reste que la voix qui hurle, supplie. Ne reste que la détresse. Comme les bêtes. Nous sommes, devant l'horreur, comme des bêtes. Nous reprenons, nous aussi, notre juste place. Qui que nous soyons dans la société, dépouillés de nos masques, déshabillés par notre peur, nous ne sommes plus qu'un seul cri, qu'une seule voix qui appelle à l'aide, qui cherche une main dans laquelle glisser la sienne.

Comme de nombreux autres citadins, Zélie avait fini par rejoindre un groupe qui cherchait à s'éloigner des décombres du centre pour gagner les hauteurs de la ville. De là, elle crut voir que plusieurs habitations à l'ouest avaient résisté. Les Grant y vivaient. Peut-être pourrait-elle trouver refuge chez eux. Si elle parvenait jusque là-bas. Elle se sentait à bout de forces, prête à se laisser tomber à même le sol. Elle s'attarda un peu, tentant de calmer son agitation avant de se diriger, chancelante, vers la demeure de son amie. Elisabeth était bien là, avec sa mère. Et elles accueillirent Zélie comme un membre de la famille. Elle fut logée dans l'une des chambres de la propriété. Walter était parti sur le terrain. Il voulait constater l'étendue des dégâts, voir s'il restait quelque chose à sauver, discuter avec les rescapés pendant que les pompiers luttaient contre les flammes et le temps pour tenter d'extirper les survivants des décombres. Zélie n'avait aucune nouvelle d'Alfred et Georges. Étaient-ils en vie, blessés ? Elle refusait d'envisager le pire. Mais comment les retrouver ?

Il fallut patienter plusieurs jours, supporter l'attente, les heures qui s'épaississent dans l'estomac, la peur qui étire les yeux, qui tambourine dans la tête, qui pulse derrière les tempes, l'angoisse qui ne relâche pas la pression de sa mâchoire, impassible. Les vapeurs toxiques et les risques d'explosion des canalisations empêchaient de se rendre au cœur des zones sinistrées. Rapidement pourtant un semblant de vie s'organisa. On se regroupa autour d'un poêlon, on fit la cuisine en pleine rue. On aurait presque pu croire que San Francisco s'était muée en une gigantesque aire de pique-nique apocalyptique. Des logements de fortune furent bâtis à la hâte : environ cinq mille maisons provisoires en pin construites par les forces armées pour héberger vingt mille réfugiés. Couleur vert olive. Loyer : deux dollars par mois.

Zélie eut enfin des nouvelles de ses frères grâce à Jean. Alfred lui avait télégraphié et faisait dire à sa sœur qu'ils se trouvaient, Georges et lui, chez l'un de leurs amis, un certain Preston Miller, à Oakland. Ils y resteraient vraisemblablement quelques semaines. L'hôtel n'existait plus. Mais Jean avait insisté : « *Ils ont le moral. Ne t'inquiète pas. Je crois qu'ils sont déjà dans l'après.* »

27

PRESTON DEVAIT ÊTRE CELUI qui tirerait ses frères de l'embarras, mais aussi celui qui scellerait sa rupture définitive avec eux. En y repensant, Zélie se dit que cet homme dont s'était entiché Alfred avait été pour lui une sorte d'idéal. Il incarnait tout ce que son frère aîné avait toujours désiré : le charisme et la réussite. L'audace, aussi, mêlée à une volonté que rien ne venait ébranler. Au moment du tremblement de terre, ce jeune investisseur débarqué de l'Ohio possédait déjà deux hôtels et un restaurant à Chicago, et deux blanchisseries qui tournaient à plein régime à San Francisco. Alfred et Georges faisaient appel à l'une d'elles pour s'occuper du linge du Guillaume Tell. Au moment d'entrer en négociation pour obtenir un tarif attractif, Preston avait été intrigué par ce duo de Français combatif, et les trois hommes s'étaient liés d'amitié. Aussi Preston, qui habitait une villa cossue à Oakland, épargnée par le tremblement de terre, n'y réfléchit pas à deux fois pour offrir l'hospitalité à ses deux clients et amis. S'il déplorait le désastre du séisme, il y vit également une opportunité de faire fructifier ses affaires en s'implantant davantage dans cette ville ravagée où tout ou presque était à reconstruire. Il avait de l'argent et du flair, et les frères de Zélie, l'expérience de la vie à San Francisco et de la gestion hôtelière. Preston était l'homme providentiel pour sortir de ce mauvais pas, pensa immédiatement Alfred. Il fallait qu'ils s'associent. S'ils y parvenaient, ils seraient sauvés.

Zélie imagine la scène. Visualise Alfred, tournant comme un lion en cage, pestant contre le sort qui s'acharnait sur eux, s'en prenant à Georges, le traitant d'incapable, le sommant de trouver une solution, lui, la tête pensante de leur binôme. Qu'il serve à quelque chose, au moins une fois dans sa vie. Ils ne pouvaient pas se permettre de passer à côté de ce gars. Ils n'avaient plus rien, absolument rien. Pas même de quoi se payer le billet retour pour la France. De toute façon, Alfred ne l'aurait pas envisagé, Zélie en est certaine. Ç'eût été pour lui pire que la mort. Non, ils devaient coûte que coûte se créer une opportunité.

De ses deux frères, lequel eut l'idée en premier?

Zélie ne le saura jamais. Et après tout, cela est sans importance. Ce qui lui colle à la peau, en revanche, c'est le regard de ce type sur elle. Gluant, sale. Il avait suffi d'une fois. D'un dîner où elle avait été conviée plusieurs semaines après le séisme. Georges avait insisté. Il tenait absolument à lui faire rencontrer leur ami, un homme exceptionnel, talentueux, brillant. Ensemble, ils iraient loin. Zélie ne voyait pas très bien où, mais enfin, ses frères étaient si enthousiastes. C'était même inespéré, compte tenu du drame qu'ils avaient vécu en perdant l'hôtel et avec toutes leurs économies. Jean avait vu juste: Alfred et Georges regardaient toujours droit devant eux, élaborant, une fois de plus, de nouveaux projets. Elle les avait admirés pour cela. Quelle force de caractère, s'était-elle dit. Certes, ils étaient deux, mais ils l'avaient aussi été à se retrouver à terre. Il lui semblait déceler dans certains de leurs traits ceux de leur père, sa détermination, sa combativité.

Avaient-ils ensuite agi par ignorance, obnubilés par l'idée de s'en sortir au point de n'être plus capables de discernement ? Ou avaient-ils vraiment pesé leurs actes ? Qui avait parlé en premier ? Quand s'étaient-ils concertés ? Ses frères avaient-ils déjà en tête de la marier à ce type au moment de l'inviter à dîner ou l'idée avait-elle germé au cours de la soirée ?

Pour Alfred, les choses étaient évidentes. Il en parla à sa sœur le lendemain du dîner. Preston avait jeté son dévolu sur elle. Elle lui plaisait et lui avait « retourné la tête », selon les mots de l'intéressé. Il ne pensait plus qu'à elle, ne voulait qu'elle. C'était une aubaine, une chance incroyable.

– Une chance pour qui ? avait demandé Zélie.

– Une chance pour chacun d'entre nous, voyons ! Tu seras une femme établie, respectée, et nous pourrons associer nos forces. Agrandir et consolider notre famille.

– Et moi dans tout ça, je suis où ? À quel moment as-tu l'intention de me demander mon avis ? Alfred, je n'ai vu cet homme qu'une seule fois, je ne sais rien sur lui…

– Ne t'inquiète pas, vous aurez tout le temps de vous connaître après. Je crois que tu ne te rends pas bien compte de la situation, sœurette.

Zélie détestait lorsqu'il utilisait ce diminutif faussement affectueux.

– Je pense que si, au contraire. Et je n'ai…

– Réfléchis deux minutes avant de te braquer comme une idiote. Tu as envie de finir vieille fille, c'est ça ? Parce que laisse-moi te dire une chose, Zélie, poursuivit-il avec une certaine agressivité, tu as déjà vingt-six ans, et si tu crois que tu vas encore intéresser les hommes très longtemps, tu te leurres. Surtout après ce qui est arrivé…

– Et moi, tu veux que je te dise, Alfred, tu as beau être mon frère, tu me dégoûtes.

Pour elle, la discussion était close. Mais pas pour lui. La voyant tourner les talons pour sortir du bureau que lui prêtait Preston au-dessus de l'une de ses blanchisseries, il fit ce qu'il faisait depuis l'enfance. Il s'empourpra, s'emporta, éructa des mots incendiaires, se fit menaçant. Voyant que sa sœur était indifférente à son caprice, il opta ensuite pour le chantage affectif.

Sur ce point, son frère était passé maître en la matière, se dit Zélie, en tentant de faire glisser une mèche de cheveux indisciplinée dans le chignon qu'elle s'est fait à la hâte pour écrire. Si elle porte aujourd'hui parures et coiffures élégantes pour « parader », elle ne supporte aucune entrave lorsqu'il est question d'écrire : ni bijou, ni vêtement serré. Ses cheveux, comme le reste, doivent se faire oublier.

Elle fait face au miroir de sa cabine pour ajuster sa tenue, se fixe du regard, replonge dans cette scène vieille de plus de dix ans. Elle n'a plus tous les détails en tête, mais la façon dont Alfred avait essayé de la « vendre » à ce Preston pour parvenir à ses fins la met encore en colère. Comment avait-il pu ? Comment avait-il pu préférer la perdre elle, pour le gagner lui ? Comment avait-il osé la mettre en balance avec de l'argent ? Et Georges, qui était allé dans son sens. C'était en dessous de tout.

– Je crois que nous n'avons plus rien à nous dire, avait-elle simplement conclu avant de sortir de la pièce, et de leur vie.

Elle apprit par la suite que ses frères ne s'étaient finalement pas associés avec lui, mais qu'ils avaient eu, en revanche, un trait de génie : débuter une vente ambulante de tourtons. Cette recette, à base de pommes de terre, était certes longue à préparer, mais très économique. Aucune difficulté d'approvisionnement. Facile à consommer, roboratif et délicieux, le plat préféré des enfants des Audiberts devint bientôt un incontournable pour les San-Franciscains. Les tourtons, qui s'apparentaient à des beignets, séduisirent petits et grands en un rien de temps. Puis les deux frères élargirent leur offre, en proposant des tourtons farcis aux herbes, à la viande, et même des sucrés, à la confiture, à la crème de marrons et au chocolat fondu.

En moins d'un an, ils purent ouvrir leur enseigne : Au tourton des Alpes. Alfred avait longtemps cherché la recette du succès. Elle était toute simple : creuser dans ses racines et partager un bout de terre du Champsaur.

28

Lorsqu'il fut question d'écrire une double page dans *Le Franco-Californien* sur la formidable ascension de ces deux Français haut-alpins devenus la coqueluche du Tout-San Francisco, Walter songea aussitôt à Zélie. Elle les connaissait mieux que quiconque et pourrait, à ce titre, en parler mieux que quiconque. Mais Zélie ne l'entendit pas de cette oreille : elle refusait tout bonnement de les voir, alors rédiger un article qui les couvrirait d'éloges était au-dessus de ses forces. Ils l'avaient méprisée, l'avaient traitée comme une marchandise, et elle n'était pas près de passer l'éponge. Qui plus est, ils n'avaient pas davantage qu'elle envie de renouer le contact. La jeune femme, coincée, prit à revers les arguments de son patron et insista sur la déontologie : on ne pouvait pas demander à une journaliste d'écrire un article aussi important sur ses proches. Que valait un papier dont le sujet et l'auteur portaient le même nom ? Le mieux était qu'un confrère s'en charge. Un qui serait sans affect et impartial. Walter Grant finit par se laisser convaincre, et Zélie découvrit en même temps que n'importe quel lecteur le parcours de ces deux Français carburant au travail et à la persévérance.

Des qualités, s'était-elle dit, qu'on ne peut pas leur enlever. En parcourant ce double portrait, elle ressentit une infinie nostalgie. Peut-être même de la douleur. Oui, ils étaient bien tout cela : des hommes de la terre, des battants. Ils avaient débarqué ici à deux, avaient tout enduré à deux, les privations, les incertitudes, les peurs, les risques, les échecs, et à présent la victoire. Ils s'étaient accrochés, à deux toujours. Leurs regards, sur la photographie au centre de la page, en disaient long sur leur fierté. Pas un mot, en revanche, sur Jean ni sur elle. Ils ne faisaient pas partie de l'histoire.

À travers le hublot de sa cabine, Zélie s'autorise encore un instant à observer l'océan et sent comme une pointe au cœur, qu'elle reconnaît. Est-il plus facile de porter le deuil d'un vivant ou d'un mort ? Qu'est-ce qui déchire le plus en fin de compte : ne plus pouvoir serrer les êtres qu'on aime parce qu'ils ont disparu ou parce qu'ils nous ont fait disparaître ? Elle comprend à présent cette obsession des anciens à offrir coûte que coûte une sépulture aux défunts. Elle comprend le geste d'Antigone pour son frère Polynice. Sans tombeau, on n'est plus qu'une âme errante. Bien sûr, Zélie a encore de belles années de vie à savourer, une carrière qui prend son envol et traverse, comme elle, l'océan jusqu'en France. Elle a de quoi se réjouir. Pourtant, elle sait qu'une part d'elle est condamnée à l'errance.

Elle se rapproche du manuscrit qu'elle a déposé sur le rebord du lit. Toujours ce besoin de le voir, de le toucher, de le soupeser. Unique moyen pour elle d'échapper aux limbes. Ses mots sont là. Bientôt, ses pages seront reliées et imprimées. Bientôt elles formeront un livre. Alors, Jean cessera d'être ballotté par les flots. Il trouvera enfin le repos.

29

—

ZÉLIE S'INTERROGE, une fois de plus. Sait qu'elle ne cessera de le faire, et qu'elle devra vivre avec ces questions, sans espérer de réponse. Il y a quelque chose de terriblement injuste là-dedans. Elle voudrait crier sa colère et sa peine. Elle a le droit de savoir, comme tous ceux qui portent ce deuil impossible. On lui a déjà pris son frère, n'est-ce pas assez ? Faut-il qu'à la résignation de ne plus jamais le revoir et de ne pouvoir lui offrir une tombe s'ajoute celle de ne jamais comprendre ? Pourquoi le *Princess Sophia* a-t-il percuté ce fichu récif ? Pourquoi a-t-il été englouti malgré tous les efforts pour le secourir ? Pourquoi, en ce jour du 25 octobre 1918, l'ensemble des passagers a-t-il péri alors même que rien, au départ, ne devait se passer ainsi ? Pourquoi une telle tempête s'est-elle levée alors que les conditions étaient bonnes au départ de Skagway ? Pourquoi eux ? Pourquoi Jean ? Pourquoi condamner tous ceux qui restent à ne jamais savoir ?

Pourquoi, pourquoi, pourquoi…

Zélie sent qu'elle se raidit. Ses mâchoires lui font mal à force de les serrer l'une contre l'autre. Elle sait qu'elle est loin d'être la seule à être ainsi hantée par ce naufrage insensé. Familles des victimes, témoins, juges, avocats, enquêteurs, associations du Yukon, Compagnie maritime… Tous voudraient savoir pourquoi et comment le *Princess Sophia* a pu rester quarante heures échoué sur un récif au milieu du canal Lynn, en pleine tempête de neige, sans jamais pouvoir être secouru par les huit navires venus en aide aux passagers et à l'équipage du navire. Comment le temps a-t-il pu se dégrader à une telle vitesse ? Comment, malgré tous les efforts déployés sur la côte, en mer, partout de Juneau à Vancouver en passant par Victoria, rien, absolument rien de ce qui avait été tenté n'avait pu réussir à sauver la moindre vie ? Depuis les premières auditions et l'ouverture du dossier en justice, tous cherchent, encore, à comprendre.

Pendant dix-huit mois, Zélie, accompagnée de Zhang Lin a fait des allées et venues entre Skagway, Juneau et Vancouver, où une première commission d'enquête s'est tenue, dès le 30 janvier 1919. Deux autres ont suivi en février, puis en mars de la même année. Ordre du gouvernement fédéral, et volonté de la Workmen's Compensation, qui souhaitait une indemnisation pour les familles des victimes. Les chefs d'accusation les plus lourds ont été prononcés contre la Canadian Pacific Railway. Cette dernière aurait refusé l'aide proposée par les bateaux venus sur place afin de ne pas avoir à payer le prix des secours, préférant attendre qu'un navire de sa propre flotte arrive sur les lieux. Cela semblait peu probable à Zélie, mais, dans ce genre de dossier, on ne peut être sûr de rien. Tant de zones d'ombre subsistent.

De nombreux témoins furent auditionnés, dont plusieurs membres des familles de l'équipage. Le premier rapport envoyé à la Chambre des communes compulsait cinq cent vingt-deux pages dactylographiées, transférées à Vancouver, et deux cent cinquante, à destination de Juneau.

La Canadian Pacific Railway était restée sur la même ligne de défense, refusant catégoriquement de dédommager les familles des victimes, incluant celles des membres de l'équipage du *Princess Sophia*. Débourser plus de deux millions de dollars était inenvisageable.

Zélie et sa belle-sœur n'ignoraient pas les difficultés que posait une telle affaire, impliquant la législation de plusieurs pays : Canada, États-Unis, et celle des victimes originaires du Vieux Continent. Si la première commission d'enquête était à l'initiative du Département de la Marine canadienne, le naufrage s'était produit dans les eaux américaines, et les États-Unis, à leur tour, avaient voulu s'emparer du dossier.

En sa qualité de journaliste, Zélie a assisté aux auditions des témoins, et elle a elle-même tenté d'en savoir plus. Elle s'est rapprochée des cabinets d'avocats et a enquêté sur la compagnie maritime. Elle n'était pas la seule sur place. Plusieurs confrères travaillant pour différents organes de presse avaient été dépêchés pour suivre l'instruction du dossier.

À Juneau, elle recueillit le témoignage précieux de Franck Lowle, l'agent en lien, depuis le début, avec l'équipage du navire. C'est lui qui, le premier, apprit que le navire avait heurté un récif. Il y avait cru, jusqu'au bout, avait-il affirmé à Zélie :

– Ça n'aurait pas dû se terminer ainsi. Les passagers auraient dû être sauvés, grâce aux autres bateaux venus les secourir. Le premier, le *King and Winge*, était là dans les trois heures. À la fin, ils étaient huit, vous vous rendez compte ! Huit ! Et pas des bateaux de pacotille…

Il aurait suffi que les passagers empruntent les canots de sauvetage pour rejoindre les navires de secours, et l'affaire était close. Terminées, les heures d'angoisse, seuls au milieu de ce récif, calfeutrés à l'intérieur du navire, dont la coque, percée, hurlait dans la nuit. Il le sait, Franck, car il a lu les télégrammes envoyés par les passagers et les membres d'équipage, il a vu la situation se dégrader jusqu'à l'issue finale. Il se rappelle le message de John Pugh à sa femme : « Nous sommes parfaitement sains et saufs, et contents, au sec sur le récif de Vanderbilt », celui envoyé par les membres d'équipage, le 25 octobre à seize heures cinquante : « Le bateau sombre. Venez vite. » Et puis, l'ultime appel de détresse : « Pour l'amour de Dieu, dépêchez-vous. »

Il sait l'attente, l'espoir, l'angoisse montant à mesure que la tempête s'intensifiait et que le temps leur échappait, les enfants se mettant à pleurer. Il imagine, comme Zélie, attentive aux moindres éléments qui pourraient lui permettre d'approcher un peu la réalité de ce qu'ont pu vivre tous ces naufragés, la terreur qui a dû s'emparer d'eux lorsque l'électricité a été coupée sur le navire, les plongeant dans une triple obscurité : celle du bateau, celle des eaux noires du canal Lynn et celle de leurs propres ténèbres.

Est-ce que les chevaux et les chiens à bord avaient compris, eux, tandis que les hommes se démenaient encore pour déjouer l'issue fatale de ce voyage ? Savaient-ils que le vent gagnerait en puissance, que la neige s'en mêlerait, rendant impossible chacune des tentatives de sauvetage, contraignant même les autres navires à rebrousser chemin par deux fois, sous peine de risquer d'être eux-mêmes engloutis par les flots ?

Un plan tout à fait réalisable avait pourtant été élaboré, et ce dès que Franck Lowle avait reçu le message en provenance du *Princess Sophia*. Il avait remué ciel et terre pour contacter les navires à même de porter secours au paquebot. Il avait même réussi à reloger les passagers dans différents hôtels, entre Juneau, Tee Harbor et Victoria. Ça n'avait pas été une mince affaire. D'ordinaire, un navire comme le *Princess Sophia* transportait tout au plus deux cent cinquante passagers.

– Comment se fait-il qu'il y en ait eu plus de trois cent cinquante ce jour-là ? avait demandé Zélie.

– C'était la dernière traversée, l'ultime possibilité de quitter les terres de l'Alaska avant que les eaux ne soient gelées et empêchent toute navigation jusqu'au printemps suivant.

Zélie se souvient que, en effet, lors de son premier reportage, Jean avait dû attendre la mi-juin pour se rendre à Dawson. Ça l'avait fait pester d'ailleurs, lui qui était si impatient.

– Et puis, vous savez, les affaires s'essoufflaient ces dernières années, avait ajouté Franck Lowle. Pour beaucoup, ce voyage était celui du retour définitif aux États-Unis, ou ailleurs. Plus grand monde n'avait envie de vivre là-bas.

Là encore, reviennent à Zélie des lettres de son frère, leur correspondance n'ayant jamais cessé. Jean y mentionnait la fermeture de plus de la moitié des bureaux et administrations dans l'État du Yukon. La province n'était plus attractive. On était loin de l'euphorie provoquée quelques années plus tôt lorsque les premiers gisements d'or avaient été découverts. En 1918, tout semblait s'être tari. Pour le gouvernement fédéral, il n'y avait plus grand intérêt à continuer d'injecter de l'argent et des moyens humains pour une terre désormais infertile. C'est toujours la même chose, se dit la jeune femme, l'homme débarque, s'installe, prend, s'abreuve, pille, et puis s'en va, sans plus un regard, vers de nouvelles conquêtes. La guerre aussi avait rebattu les cartes, les enjeux s'étaient déplacés.

Jean lui avait raconté le parcours de certains habitants du Yukon rencontrés à Dawson, comme celui de Murray et de sa femme, Lulu Mae Eads, arrivés à l'apogée de la ruée vers l'or. Lui était originaire du Kentucky, elle, d'Alabama. Murray était issu d'une famille influente. Il avait occupé différents postes au drugstore de Seattle en 1897, puis dans des entreprises de transport à Dawson. Finalement, il s'était décidé à investir dans un hôtel, comme Alfred et Georges, avant de se lancer dans l'acquisition d'un *dance hall queens*. C'est là qu'il avait fait la connaissance de celle qui allait devenir sa femme. Lulu Mae, malgré son mariage, ne fut jamais acceptée par la bonne société de Dawson ; son passé de danseuse la rendant à jamais « infréquentable ». C'était un sacré couple, d'après Jean. Des personnes que l'on pouvait difficilement oublier, mais qui le seraient pourtant, et plus rapidement que prévu.

Se souviendra-t-on davantage d'Oscar et Crissie Tackstrom ? Eux s'étaient établis dans le Klondike dès le début de la ruée vers l'or. Oscar était devenu un homme d'affaires important de la région, tandis que Crissie s'était investie dans les œuvres paroissiales, notamment auprès des Orphelins de France, depuis le début de la guerre. Ils étaient appréciés de tous pour leur dévouement et leur gentillesse. C'était d'ailleurs à regret qu'ils s'étaient décidés à quitter cette région qu'ils aimaient, et leur vie là-bas.

Mais Georges, leur fils aîné, venait d'avoir dix ans. Sa sœur le suivait de peu. Ils souhaitaient leur offrir la meilleure éducation possible, et des perspectives solides d'avenir. Aussi, lorsque la sœur de Crissie leur avait proposé de les rejoindre en Californie, ils s'étaient dit que c'était le bon moment…

Jean avait pu recueillir une petite dizaine de témoignages de ces expatriés résignés à quitter, une fois de plus, leur terre d'accueil.

Après avoir témoigné de l'essor de la province du Klondike, quelques années auparavant, il écrivait désormais un papier sur le déclin de cette partie de l'Alaska qui avait tant fait rêver Jack London et les aventuriers de l'extrême.

Après l'ascension, il ne reste plus qu'à redescendre, murmure Zélie. Décidément, on n'en sort pas, de ces vies à la verticale. Qu'elles se plantent au milieu des chaînes montagneuses ou au cœur des gratte-ciel, c'est toujours la même histoire. Un élan, la montée d'un désir, et la chute, qui vient vous plaquer au sol. Combien de fois meurt-on dans l'espace d'une seule vie? se demande-t-elle à nouveau. À l'aube de ses quarante ans, elle fait le compte des pertes, depuis celle de sa terre d'enfance, jusqu'à celle de Jean. Jean et ses yeux d'opale. Jean et sa douceur, sa volonté, sa joie de vivre. Pour un peu, elle pourrait presque se dire qu'il est là, dans cette cabine, juste à côté d'elle, tant elle ressent sa présence. Pour un peu, elle pourrait presque l'entendre lui murmurer qu'elle a tout gagné et rien perdu. Des paroles qui lui ressembleraient tant.

Zélie se redresse, va s'assurer que les lettres de son frère sont bien à leur place dans son sac. Car demeure ainsi de lui l'essentiel. De pauvres mots, diraient sans doute Alfred et Georges. De simples mots, dirait sans doute l'immense majorité des gens. Et pourtant, les mots peuvent tant. À commencer par vous maintenir en vie.

La mort, de nouveau, s'invite. Veut qu'elle la regarde. Qu'elle la considère. Qu'on cesse de la reléguer à la fin de l'histoire. Elle n'en peut plus, la mort, de se contenter de donner le tour d'écrou final. Elle fait comme elle peut pour affirmer sa présence. Elle sera toujours la mal-aimée, le personnage à fuir, l'objet qui brûle les mains et qu'on refuse d'approcher. Elle voudrait dire pourtant à quel point elle est fondamentale, à quel point sans elle ne vivraient que des corps branchés à la machine du monde. Elle aimerait qu'on cesse de détourner le regard et de la rabaisser au rang d'épreuve lorsqu'elle se présente. Zélie lui rouvre doucement la porte, mais elle n'est pas prête, encore, à la laisser entrer complètement.

– Vous ne faites que cela, tu le sais, vivre et mourir, encore et encore, chaque jour de votre existence. Aucun d'entre eux ne se tiendra sans la perte de quelque chose ou de quelqu'un. Personne n'y échappe. Vous masquez juste ma présence pour vous faire moins peur. Vous vous considérez comme des héros de roman, et au fond, vous n'avez pas tort. Mais que vous les nommiez obstacles, épreuves, souffrances, difficultés, ou encore péripéties, vous ne pouvez pas faire l'économie de ma présence. Je suis derrière chaque mot. Sans moi, point d'histoire.

Qu'y a-t-il derrière le mot « fin » ? Elle pense à son manuscrit, aux feuillets empilés avec soin, liés les uns aux autres par un ruban de satin. Elle a voulu de la douceur.

Dans quelques semaines, si tout se déroule comme elle l'espère, ces pages seront façonnées par les mains expertes d'un imprimeur. Elles devront muer en quelque sorte, changer d'état. Abandonner cette apparente négligence d'un empilement de phrases pour devenir livre. Et cette transformation sera magnifique.

La fin n'est peut-être pas celle que l'on croit. Elle sait, en tout cas, que pour Jean, pour elle aussi, ces pages marqueront un renouveau. L'écriture a toujours été cela, pour tous les deux. Jean croyait aux mots aussi fort qu'il croyait en la vie, aussi fort qu'il conservait, en dépit de tout, l'irrépressible envie de faire confiance, de mettre un pied devant l'autre chaque matin, et d'avancer, stylo en main, pour dire le monde, refaire le monde, l'embrasser tout autant que l'empoigner.

Zélie a l'impression, de plus en plus vive à mesure que le voyage la rapproche de la France, que l'écriture est sa chair. Qu'entre elles, il n'y a plus de frontière. Que chaque jour a conduit à cet instant : celui d'une naissance à soi-même, par et pour les mots. Elle en revient toujours là. C'est son enclos à elle. Son monde plutôt, sans piquets pour circonscrire ou ceindre le corps. C'est son refuge, son repaire, son horizon. L'écriture est ce fil, presque invisible, autour duquel ses jours s'enroulent, une flèche à tête d'or lancée vers elle ne sait quelle cible. Ainsi, les pages qu'elle caresse à présent du bout des doigts sont tout à la fois un autel et une demeure pour elle et son frère.

30

DANS LE SALON DES PREMIÈRE CLASSE, elle observe à présent deux fillettes en train de dessiner pendant que leurs mères prennent le thé. Soudain, leurs traits se confondent avec ceux de son visage d'enfant, leurs mains se saisissent, comme les siennes autrefois, de la plume dont elle était si fière. Émerveillement des premiers mots tracés avec application. Hésitation du geste.

Elle se penche vers l'enfant en elle avec attendrissement, observant son sérieux et sa persévérance, accompagnant du regard les pleins et les déliés que la petite Zélie apprend à maîtriser. Pour peu, elle entendrait presque la fillette crier sa joie, consciente qu'elle vient de basculer dans un monde que n'entrave aucune barrière.

Son attention revient à l'espace qui l'entoure, au dossier arrondi contre lequel son dos est appuyé, aux bruits, chuchotements, éclats de voix des autres passagers. Les verres tintent à une table voisine. Le scotch rivalise avec les tasses fumantes de darjeeling. L'odeur des cigares se mêle à celle des pâtisseries qu'apportent les serveurs au tablier immaculé. Elle est là, seule avec son café, seule avec ses mots, fillette à nouveau, songeant que tous les univers qu'elle sent jaillir en elle lui appartiennent en propre. Chaque passager ici trimbale en lui tant de mondes. Et nul ne voit rien. Que faut-il pour qu'un jour certains refusent les règles du jeu ? Quelle force les pousse à ne plus accepter d'être des passagers de leur vie ? Pour sa part, il aura fallu qu'Aleksander la quitte, et que ce départ la pulvérise pour qu'elle prenne conscience que la seule chose vivante à l'intérieur, le seul rescapé de son naufrage à elle est son amour des mots. Inaltérable. Sans eux, point de reconstruction possible.

Dans les semaines et les mois qui avaient suivi le naufrage du *Princess Sophia*, elle avait eu besoin de s'occuper l'esprit, de se sentir utile, de combattre l'insoutenable chagrin en rencontrant les familles des victimes afin d'enquêter, de récolter des informations. Elle ne pouvait pas être là pour les siens, pour ses parents, à qui elle avait dû annoncer la tragédie par la lettre la plus douloureuse qu'elle ait jamais eu à écrire. Zhang Lin avait puisé ce qui lui restait de force pour l'aider à dire l'innommable, à donner corps à cette réalité que l'une autant que l'autre rejetaient, et maudissaient. Mais écrire à sa famille avait très vite mis Zélie devant une évidence : la nécessité de raconter. Pas seulement des faits, pas seulement des identités déclinées devant des avocats et des juges, mais leurs histoires, leurs liens avec les disparus. Mettre de la vie là où la mort les avait figés.

Son collègue du *Vancouver News*, David Ellis, lui suggéra alors de créer une association d'aide aux victimes qui proposerait de rédiger leurs témoignages.

– En somme, tu ferais ce que tu fais déjà à San Francisco, en un peu plus long, c'est tout, conclut-il.

– Je n'en aurai pas la force, avait-elle répondu à David. C'est trop dur.

– Je suis persuadé du contraire. Écrire pour tous ces gens t'aidera à te reconstruire.

Elle n'avait pas cherché à argumenter, et l'idée en était restée là. C'est en faisant connaissance avec la sœur d'Arthur Johnson, qui n'avait pas revu son frère depuis vingt ans, qu'elle avait changé d'avis. Ou plutôt, qu'elle avait senti qu'elle pourrait peut-être aller au bout. Parce qu'il s'agissait de quelque chose qui dépassait le cadre de son existence. Il s'agissait d'aider des êtres qui avaient pleuré comme Zhang Lin et elle, crié comme elles, suffoquant sous l'insupportable douleur de la perte, à rendre à leurs proches disparus leur dignité, leur histoire, leur visage.

Elle songea à cette phrase d'*Anna Karénine*, celle qui ouvre le roman de Tolstoï : « Toutes les familles heureuses se ressemblent ; chaque famille malheureuse l'est à sa façon. »

Et pourtant, se dit Zélie, nous sommes tous si proches dans notre souffrance. Dans la joie, aussi, comme celle ressentie en lisant la dernière lettre d'un certain Arthur, envoyée quelques jours avant le naufrage, à sa mère et à sa sœur. Il avait décidé de revenir vivre auprès d'elles, à Portland : « *J'ai pu réserver un billet pour la traversée. J'arrive. Hâte de vous rejoindre.* »

– Il a tenu toutes ces années jusqu'à ce qu'il ait assez d'argent pour vivre de ses rentes, avait expliqué sa mère. Vingt ans. Il a travaillé pendant vingt ans.

George Mayhood, gérant d'un tabac à Dawson et d'un *pool hall*, avait le même rêve : retrouver ses fils en Californie et vivre auprès d'eux, libéré des glaces de l'Alaska.

Zélie apprit que certains passagers, des passagères en l'occurrence, faisaient le voyage pour des raisons médicales. Ainsi Elen Lenez était-elle attendue à la Mayo Clinic de Rochester, en Arizona, pour soigner ses rhumatismes. De même qu'Alice Walker, qui devait se rendre en Californie pour soigner son asthme.

– Elle ne voulait pas partir. Ne cessait de répéter que sa vie était ici, avec moi, avait expliqué son époux à Zélie. Je n'ai pas voulu l'écouter. J'avais tellement peur pour sa santé, avait-il rajouté avec un sanglot dans la voix.

Et puis, il y avait ceux que Jean avait connus, qu'il avait interviewés pour son reportage. Ils en avaient parlé à plusieurs reprises dans leur correspondance. Son frère n'en revenait pas d'avoir croisé la route de telles personnalités, à l'image de John R. Maskell, né en Grande-Bretagne, venu dans le Yukon pour trouver du travail : « *Tu te rends compte,* avait écrit Jean, *ce type est steward, chanteur d'art lyrique et champion de natation ! Il a traversé l'English Channel à la nage. J'ai fait sa connaissance lors d'une lecture publique qu'il a donnée la semaine dernière à Skagway. On a tout de suite sympathisé. Il embarque lui aussi sur le* Princess Sophia *vendredi prochain. Figure-toi qu'il rentre en Angleterre pour épouser une jeune femme dont il est tombé fou amoureux. Une certaine Dorothy Burgess. N'est-ce pas romantique ?* » avait-il conclu. Zélie avait cru que son frère la faisait marcher, mais non, John R. Maskell était bien tout cela. Elle en avait eu confirmation par la suite. La seule chose sur laquelle Jean s'était trompé était qu'il ne serait jamais le mari de Dorothy.

Tous ces récits se télescopent dans sa tête et finissent par se mélanger. Elle en a tant entendu. Pas tous, bien sûr. Elle ne pouvait réécrire à elle seule toutes ces vies.

31

LORSQU'ELLE AVAIT APPRIS le naufrage, Zélie n'avait pu se résoudre à rester à San Francisco et s'était rendue sur les lieux aussi vite qu'elle l'avait pu, avant de rejoindre Zhang Lin à Vancouver, espérant que le corps de Jean soit repêché, peu importe où et dans quel état. Certaines dépouilles refaisaient surface des mois plus tard lors des naufrages, pourquoi pas celle de son frère ?

Alors qu'ils étaient de parfaits inconnus, David avait été à son côté dès son arrivée, et il avait été un soutien inconditionnel et précieux.

– Je ne peux pas ne plus le revoir, lui répétait-elle. C'est inconcevable.

Une boule de feu lui dévorait le ventre, chacun de ses muscles était ankylosé, tout son corps l'encombrait. Zhang Lin, était dévastée, elle aussi, incapable de quitter la maison où elle attendait toujours le retour de son mari. « *Il est partout*, avait-elle écrit à Zélie. *J'ai l'impression d'entendre sa voix par-dessus mon épaule, de voir son ombre lorsque j'entre dans notre chambre.* » Son père était mort l'année précédente, et à présent, on lui enlevait l'homme qu'elle aimait, la laissant doublement endeuillée.

« *Elle est terrassée* », avait écrit Zélie à Elisabeth. « *Qui ne le serait pas dans ces circonstances*? lui avait répondu son amie. *Ne t'inquiète pas, je vais m'installer chez elle pour ne pas la laisser seule. Toi, prends le temps qu'il te faut pour enquêter, et surtout pour faire ton deuil. Je suis là. Tu peux compter sur moi.* »

« Faire son deuil. » Zélie exécrait cette expression. De même qu'elle n'avait jamais fait le deuil d'Aleksander, elle ne le ferait pas davantage de son frère. La seule question qui se posait était de savoir comment elle allait bien pouvoir vivre avec ce trou béant qui se creusait chaque jour un peu plus jusqu'à prendre toute la place. Parfois, dans la rue, il lui fallait s'arrêter. Comme ça, au milieu de tout, ou au milieu de rien. La douleur la submergeait, paralysait tous ses membres. Une lave en fusion montait jusque dans ses yeux et coulait en torrent le long de son visage. Elle le reconnaissait à peine tant il était marqué. Caverneux, voilà à quoi ressemblait son regard.

Le plus difficile, c'était au réveil, le matin. Invariablement, la même scène se rejouait : ses paupières tressautaient, s'ouvraient à demi, ses doigts se crispaient sur le drap qui la recouvrait tout entière, remonté jusqu'au nez, pour laisser le moins de prise possible aux ténèbres. Et là, dans ce minuscule instant, la douleur la foudroyait. Au moment où elle reprenait conscience de l'espace-temps dans lequel elle était, la réalité surgissait dans toute sa laideur. Car oui, le monde était devenu laid.

Mais cette fois-ci, la douleur ne connaissait aucune limite. Aleksander avait fait un choix, celui de partir, et de la laisser avec le spectre de leur amour, qu'elle avait dû repousser seule. Pour

Jean, tout était différent. Jean n'avait pas choisi de les quitter, Zhang Lin et elle. Jean voulait vivre. Il voulait vivre comme le voulaient les trois cent cinquante-trois autres passagers, si les listes de ce maudit navire étaient complètes.

Car oui, il était maudit, avait fini par se convaincre la jeune femme. Comment combiner autant de malchance quand tout, autour, était là pour éviter la tragédie ? Pourquoi avait-il fallu que Jean prenne ce bateau, retourne là-bas une énième fois ? N'y avait-il donc aucun autre journaliste pour raconter le périple de ces gens qui ne reviendraient jamais en Alaska, et qui n'iraient plus nulle part ?

À cette pensée, Zélie se sent submergée par la rage. Cela se fait en silence, et dans le vaste salon, personne ne remarque rien. Quelques regards s'attardent sur cette dame en robe sombre sur laquelle perle une goutte d'or. L'épingle que Jean lui avait offerte au retour de sa première expédition dans le Grand Nord.

– C'est ma toute première pépite, avait-il expliqué à sa sœur. Regarde, on dirait la moitié d'un cœur.

Jean voulait lui confier ce talisman. Un rappel que tout est possible. Qu'ils avaient réussi, lui comme elle, à donner corps à leurs rêves.

– Nous pouvons vivre partout dans le monde grâce à cette formidable liberté que nous avons conquise. Je m'en suis véritablement rendu compte là-bas, tu sais. Là où il n'y a rien, ou presque. Dans cette terre qui semble nous dire, à nous les hommes : « Ici, vous ne pouvez rien. » Eh bien, j'ai tout de même pu faire quelque chose : écrire. Et ça, ça n'a pas de prix. Nous pouvons tout, Zélie. Sois-en certaine. Rien ne se dérobe aux mots.

On peut presque tout, rectifie la jeune femme. Tout, sauf ramener l'autre à la vie. À moins de le faire exister autrement ? Offrir à son frère un corps d'encre, une demeure de papier, l'espace d'un monde immaculé que sont les pages d'un livre. Et lorsque l'histoire est là, qu'elle est inscrite, incise, demeurent les grands espaces et les étendues de neige. Tout, alors, peut recommencer.

Les dépôts de plainte, l'enquête, les auditions, les séances devant les juges, les injures faites à la mémoire du capitaine Locke, prétendument ivre et incapable de gérer son navire et les hommes d'équipage, la vitesse, trop grande, avec laquelle le *Princess Sophia* se serait engagé dans le canal Lynn, la mauvaise appréhension des conditions météorologiques, Zélie les laisse à la justice. Elle a compris, à force, qu'elle n'avait aucune maîtrise là-dessus. Le procès dure depuis six ans maintenant, et d'après les avocats, il va encore se prolonger*.

Personne n'en voit le bout. Personne ne croit plus en la découverte de la vérité. Y en a-t-il une d'ailleurs ? Tout est-il réellement explicable ? Même les commandants des navires, témoins directs du naufrage, ne parviennent pas à établir un récit qui soit cohérent et commun à tous. Pour le capitaine Miller, on aurait très bien pu, le premier jour, transférer les passagers grâce aux canots de sauvetage. La meilleure solution, selon lui. La tempête ne s'était pas encore complètement levée, et ils avaient manqué leur chance.

Pour Leadbetter, capitaine d'un autre navire, c'était inenvisageable. Le *Princess Sophia* était prisonnier des roches, et aucun

* Le procès durera en réalité quatorze ans.

canot ne pouvait être mis à l'eau au moment où il avait percuté le récif. Tout aurait été broyé et déchiqueté par les arêtes des pierres. Il n'y avait pas assez d'eau à marée basse et les rafales de vent auraient projeté un à un les passagers contre la coque du navire ou le récif. Le capitaine Locke n'avait eu d'autre choix que d'attendre la prochaine marée haute. Mais entre-temps, le ciel avait choisi son camp. Locke avait fait preuve de bon sens et on ne pouvait pas le lui reprocher.

Chacun avait ses convictions, son analyse, depuis les marins avertis jusqu'aux simples témoins, comme Peter Frindge, l'expert-comptable qui se trouvait à bord du *King and Winge*. Sam Collins y était aussi, photographe embarqué et chargé de suivre le déroulé des opérations de sauvetage. Sur les clichés qu'il avait développés, on distinguait bien le *Princess Sophia* entier, vapeurs fumantes, avec, en toile de fond, le relief du récif de Vanderbilt. La houle était clairement visible, et on imagine sans peine le danger qu'auraient encouru les passagers s'il avait fallu les débarquer sur ces flots sombres et déchaînés. Le bateau semblait néanmoins si puissant, si sûr. Comment croire qu'il ne resterait qu'un bout du mât le lendemain soir, alors que la veille, Sam avait pris une photo de l'un des passagers, hissé sur ce même mât, affirmant la puissance du navire et des hommes qui l'avaient construit.

Les montres retrouvées sur le corps des victimes indiquaient toutes dix-sept heures cinquante. Tout s'était figé, comme dans une grande bulle d'ambre obscure. La toile était bien avancée, mais loin d'être achevée. Les personnages, pétrifiés, se décomposaient lentement, tandis que les vagues de pâte huileuse dévoraient le cadre. Personne ne saura jamais à quoi aurait ressemblé l'œuvre terminée.

Tandis que la justice tentait de comprendre comment on avait pu en arriver à ce dénouement aussi cruel qu'inattendu, Zélie, grâce à des dizaines de parents, de frères et sœurs, d'amis des victimes, avait noirci des feuillets. Assez vite, c'était devenu une évidence. Leurs paroles devaient se substituer à leurs cris. Le mouvement de l'écriture à celui des vies englouties. David avait raison.

Tout avait commencé dans la pièce attenante au bureau du cabinet d'avocats britannique Lloyd's. La jeune femme les avait tellement harcelés des semaines durant que maître Burray et son associé avaient fini par céder. Ils lui avaient proposé de passer quelques heures chaque jour auprès de leur secrétaire dans la salle d'attente pour pouvoir s'entretenir avec les nombreuses familles des victimes qui avaient fait appel à eux, sous réserve que celles-ci l'acceptent et que Zélie se montre d'une discrétion absolue.

Très vite, la salle d'attente avait bruissé de chuchotements. Échanges de confidences, sanglots qui percent dans la voix, questions qu'on ose lancer à ces autres que l'on ne connaît pas mais que l'on reconnaît comme une âme sœur dans la douleur. *Est-ce que vous aussi… ? Êtes-vous, comme moi, perdu, broyé, plongé dans le noir ? Avez-vous, comme moi, l'image de votre enfant, défiguré, rongé par les eaux, les yeux piqués par les becs de goélands, les lèvres cousues par le pétrole ? Connaissez-vous cette sensation insensée quand l'intérieur de votre crâne semble prêt à exploser sous la pression des larmes ? Est-ce que, comme moi, vous vous demandez chaque heure comment continuer à vivre sans lui, sans elle, sans eux ? Comment parvenir à mettre un pied devant l'autre, accepter de respirer, tolérer que ceux qui n'ont pas été mordus, ceux qui sont vierges de cette souffrance-là, continuent de sourire, d'avancer avec confiance et vous demandent de faire de même ?*

Écrire a été l'unique réponse. La seule chose acceptable.

Zélie ne saurait plus dire lequel parmi les plaignants est venu la voir en premier, comment les événements ont réussi à se plier pour inventer cet espace, pour ouvrir à cet autre chemin. Transformer un temps d'attente en temps d'échanges, de recueillement, de recréation, de métamorphose.

C'était presque à leur insu qu'elle avait commencé à prendre des notes, puis à les retravailler, le soir, dans la chambre du petit deux-pièces qu'elle louait à Victoria. Très vite, on se rendit aux bureaux de Lloyd's pour discuter avec *the sinking's writer*, l'écrivain du naufrage. On disait d'elle qu'elle savait écouter, restituer avec justesse les récits qu'on lui confiait. On disait qu'elle rendait leur dignité à tous ces corps échoués, à ces êtres parfois méconnaissables, tant ils étaient abîmés.

Zélie avait été dépassée par l'ampleur des demandes toujours plus nombreuses. Les entretiens s'enchaînaicnt, les prises de notes, les heures d'écriture, les restitutions de ses écrits aux familles endeuillées. Merci, merci, merci, lui répétait-on. Elle écrivait, tout aussi longuement, à Zhang Lin et à Elisabeth, leur faisait part de tout ce qu'elle apprenait.

Bientôt, tout le monde à Victoria connut le nom de Zélie Bonnabel. Ses récits commencèrent à être partagés, lus, dans le cercle familial, et puis élargi aux amis.

Les avocats de chez Lloyd's eux-mêmes voulurent découvrir ces textes, apprendre à connaître ces clients qu'ils défendaient mais qu'ils ne rencontreraient jamais dans la vraie vie. Zélie, elle, ne se préoccupait guère de cette effervescence. Tout cela l'indifférait. Elle naviguait dans un entre-deux où seul ce travail produisait du sens, il l'empêchait littéralement de s'écrouler. Elle n'avait plus d'endroit sur terre où se poser, à la fois trop légère et trop lourde. Inadaptée.

Lorsqu'elle fut contactée par la secrétaire d'un certain M. O'Brian, elle ne comprit pas tout de suite de quoi il était question, pour quelle raison cet éditeur tenait à la rencontrer. Elle n'avait rien écrit, n'avait posté aucun manuscrit. Il devait y avoir erreur sur la personne.

– Non, non, aucune erreur possible, lui affirma mademoiselle Stanley. Monsieur O'Brian veut vous rencontrer, vous.

32

—

Le rendez-vous fut fixé au 15 octobre 1919 à quatorze heures trente. Mlle Stanley avait bloqué un créneau d'une heure dans l'agenda très serré de son patron, le directeur éditorial de John Wiley & Sons.

À seize heures, la porte du bureau demeurait obstinément close. Une demi-heure plus tard, M. O'Brian lui fit savoir qu'il reportait ses rendez-vous de l'après-midi. Sa secrétaire se contenta d'un : « C'est noté, monsieur. Je m'en occupe tout de suite », sachant qu'elle aurait à faire face, seule, au mécontentement des malheureux éconduits.

Entre Jim O'Brian et Zélie, le courant passa tout de suite, sans que ni l'un ni l'autre n'ait à faire le moindre effort. Pourtant, la jeune femme refusa en bloc l'offre de publication qu'il lui faisait :

– Je n'ai pas écrit ces récits pour qu'ils soient partagés, expliqua-t-elle. Ce sont des textes intimes, monsieur O'Brian. Il ne s'agit ni d'un roman d'aventures, ni même d'une quelconque fiction. C'est la vie de centaines de personnes dont il est question. Leur mémoire doit être respectée. Et d'ailleurs, comment y avez-vous eu accès ? En avez-vous lu ?

– J'en ai lu plusieurs. Et c'est assez pour me faire une opinion, mademoiselle. Vous parlez de respect mémoriel, et je vous parle précisément de lutte contre l'oubli. Je vous parle de contribuer à faire connaître cette tragédie qui, pour l'heure, ne préoccupe que ceux qu'elle a touchés. L'actualité est ailleurs, vous le savez aussi bien que moi. Et ne me dites pas que vous n'y êtes pas sensible, je ne vous croirai pas. Vous avez parfaitement conscience que si ce naufrage s'était produit ne serait-ce que deux mois plus tôt, il aurait fait les gros titres. On n'aurait jamais enterré les morts en catimini si les trois quarts du pays n'avaient pas été en train de se noyer dans l'ivresse de l'armistice. Pensez-vous qu'il soit juste que toutes ces familles voient leur souffrance balayée ainsi ?

– La procédure judiciaire suit son cours, monsieur, et j'ose espérer que le verdict apportera réponse et consolation aux familles des victimes.

– Je serais curieux de savoir ce que vous entendez par là, mademoiselle Bonnabel.

– Qu'elles soient reconnues comme victimes d'abord, qu'elles sachent ensuite ce qu'il s'est réellement passé, et qu'elles puissent enfin recevoir une indemnité.

– L'argent ne compensera jamais la disparition de ceux qu'elles ont perdus, et vous le savez très bien. Et cela ne compensera pas davantage le peu de cas que l'on a fait du sort des passagers, sans parler des membres d'équipage.

Des noms, par rafale, assaillirent Zélie. Frank Burke, dix-sept ans, Lionel Olson, seize ans, Stewart W. Macey, seize ans et quatre mois, Loretta Beaton, six ans… Ils s'égrenaient, les uns après les autres, imposaient leur absence.

Et il y eut aussi tous les autres, les sans-importance parce qu'étrangers, nés du mauvais côté du monde. Ceux qui auraient pu s'appeler Zhang Lin, par exemple, ceux dont on n'était même pas certain du nombre à bord.

– Vous avez raison, admit Zélie. Mais il y a une condition, et je ne transigerai pas : il nous faut l'accord des personnes pour lesquelles j'ai écrit.

– Vous avez ma parole, mademoiselle Bonnabel. Marché conclu. Vous communiquerez à ma secrétaire les noms des familles à contacter, et je me charge du reste.

Jim O'Brian avait de la suite dans les idées et savait obtenir ce qu'il désirait. À partir de là, tout s'enchaîna. Signature du contrat, autorisations, choix des textes, relectures, corrections.

Zélie avait toujours travaillé seule. Même lorsqu'elle était journaliste pour *Le Franco-Californien*, au même titre que son frère, chacun avait ses articles et son domaine de compétence. Si l'un lisait les papiers de l'autre, c'était en ultime relecteur, pour vérifier les éventuelles coquilles. Zélie craignit que Jim soit trop intrusif, et pire, qu'il lui demande de réécrire certains passages. Elle savait que cela se faisait, que c'était même le boulot d'un éditeur : identifier le potentiel d'un texte et tendre l'écriture en ce sens. Mais Jim O'Brian ne fit rien de tout cela. Du moins, il n'abordait jamais les choses de façon frontale, suggérait sans imposer, osait une question pour faire avancer la réflexion avec subtilité. Pour la première fois, Zélie découvrait le travail d'équipe, et cela lui plut infiniment.

Cette collaboration prenait l'allure d'une course de relais. Elle s'était mise à l'écoute des familles de disparus, avait recueilli leurs témoignages, les avait façonnés. Désormais, c'était Jim

O'Brian qui se penchait sur ses textes, les prenait sous son aile pour former un recueil. Bientôt, ils en avaient parlé, les imprimeurs entreraient dans la danse, puis viendrait le tour des libraires qui le déposeraient entre les mains des lecteurs.

Par moments, il lui semblait sentir les naufragés, tout près d'elle, juste de l'autre côté d'un voile.

Alors, peu à peu, Zélie réussit à reprendre contenance, à réinvestir l'étoffe de son temps à elle. Préparer cette publication prochaine la portait, l'enthousiasmait même.

Jim O'Brian avait reçu l'accord de toutes les familles, ou presque. Six d'entre elles refusèrent que leur histoire soit publiée. Mais la plupart voyaient dans ce projet la promesse que leurs défunts ne seraient pas oubliés. Pas tout de suite du moins. Une association avait vu le jour peu de temps auparavant, et militait pour qu'un phare soit installé sur le récif de Vanderbilt, afin que jamais plus un navire ne s'y retrouve piégé. Si le recueil *Le Naufrage oublié* avait la chance de connaître un certain succès, cela appuierait leur demande.

On réimprima cinq fois, et les droits du livre furent achetés en Suède, en Allemagne, en France, en Italie et en Espagne. Zélie fut prise dans une valse effrénée, comme si la vie cherchait à l'étourdir, à faire céder cette douleur qui l'oppressait. Car personne ici, à l'exception de David et des avocats de chez Llyod's, ne savait qu'elle était elle-même la sœur d'une victime du naufrage.

– Pourquoi n'avoir rien dit ? lui avait demandé maître Burray.

Parce qu'elle ne pouvait pas faire son travail correctement si elle ne laissait pas la place à d'autres voix que la sienne. Alors elle s'était tue. Peut-être était-ce lâche de sa part, comme le lui avait reproché Zhang Lin dans sa dernière lettre. Pour la première fois, sa belle-sœur ne la comprenait pas : « *Pourquoi n'as-tu pas parlé de ton frère ? Qu'ont-ils, tous ces gens, que notre Jean n'ait pas eu ? Je suis tellement déçue, si tu savais. Jamais je ne t'aurais cru capable de faire une chose pareille. Toi qui prétends l'aimer, c'est une bien étrange façon de le lui prouver.* »

Des coups de poignard n'auraient pas fait moins mal à Zélie. Comment Zhang Lin pouvait-elle penser cela ?

– En même temps, lui avait opposé David, tu ne peux pas lui en vouloir. Comment veux-tu qu'elle accepte cette situation ? Tu écris un bouquin sur le naufrage du *Princess Sophia*, tu mets en lumière toutes ces vies fauchées, tu donnes la parole aux familles des victimes, et tu n'écris pas un mot sur ton propre frère, qui, accessoirement, était son mari…

– Je sais David. Je sais tout cela. Ce n'est pas une volonté de ma part d'effacer Jean. C'est juste que ça me fait trop mal. Que je n'y arrive pas. C'est trop dur. J'ai réécrit à Zhang Lin pas plus tard qu'hier. J'espère que nous parviendrons à nous comprendre. Et puis, pour Jean je voudrais autre chose…

Ces derniers mots, lâchés dans un souffle, avaient allumé en elle des braises incandescentes. Elle y repenserait bien des fois avant qu'ils ne reviennent s'imposer à elle avec force.

Elle savait que Jean aurait son livre, mais comment, quand, cela, elle l'ignorait. En revanche, lorsque son éditeur lui expliqua que l'un de ses confrères, à Paris, souhaitait discuter avec elle d'un projet éditorial, quelque chose en elle s'agita.

– C'est au sujet de mon recueil de nouvelles ? demanda-t-elle, un peu étonnée, car les droits de son livre avaient déjà été achetés par une maison d'édition parisienne.

– Oui et non, lui répondit Jim. D'après les télégrammes que j'ai échangés avec Michaël Legrand, il serait plutôt question d'un roman. L'histoire d'Al Winchell l'a particulièrement séduit.

Comment ne pas être touché par cet homme, avait convenu Zélie.

De tous les récits dont elle a été la dépositaire, celui de ce mineur de Flat Creek est l'un de ceux qui l'auront le plus bouleversée. Elle le revoit encore, si digne et si frêle en même temps. Ses amis disaient qu'il avait pris dix ans en l'espace de quelques mois.

Il avait tenu à envoyer sa femme, Ilene, faire soigner son asthme en Californie. Elle ne passerait pas un hiver de plus en Alaska, il ferait tout ce qu'il fallait pour qu'elle se rétablisse. Ilene était l'astre autour duquel il gravitait depuis trente ans. Lorsqu'on lui avait proposé un compartiment privé, doté d'une cabine spacieuse, Al n'avait pas regardé à la dépense.

– Tu as le numéro 35, avait-il fièrement déclaré à sa femme. Tu verras, il te portera chance.

Il ignorait que moins de deux mois plus tard, il attendrait, frigorifié, que le plongeur qu'il avait engagé avec tout ce qui lui restait d'économies, remonte le corps d'Ilene. Ce corps qui demeurait introuvable. Tout comme celui de Jean.

Zélie avait admiré le courage de cet homme, sa volonté incroyable, la pugnacité avec laquelle il avait entamé ses propres recherches, lorsque la Canadian Pacific Railways avait décidé de mettre un terme aux siennes. Ils ne retrouveraient plus aucune dépouille à présent, avaient déclaré leurs experts. Tous ceux qui avaient pu être repêchés l'avaient été. Point final.

Mais Al Winchell ne l'entendait pas de cette façon.

– Vous dites que vous avez parcouru plus de six cent quarante-trois kilomètres à pied, de Flat Creek jusqu'à Anchorage, pour ensuite prendre le bateau jusqu'à Juneau ?

Zélie était restée incrédule. Cet entretien, décidément, ne ressemblait à aucun autre. Mais comment avait-il fait ?

– Je n'avais pas le choix. C'était une promesse que j'avais faite à Ilene. S'il lui arrivait quelque chose, je veillerais à ce qu'elle soit enterrée auprès de sa mère, à San Francisco. Je devais le faire. D'autant que j'avais tellement insisté pour qu'elle parte, alors qu'elle n'arrêtait pas, depuis plusieurs jours, de me dire qu'elle avait un mauvais pressentiment avec ce voyage.

Al chercha le corps de sa femme pendant sept mois. Du 21 décembre, date de la première expédition sur les lieux du naufrage, à la fin juillet de l'année suivante. Il continua, sans rien lâcher, seul face à l'incompréhension de ses proches, face aux critiques, aux mots qui blessent, aux regards qui vous recouvrent du voile gris des bons sentiments. Plus personne n'y croyait. D'ailleurs, pensait-on tout bas, à quoi cela pouvait-il servir à présent ? Ilene était morte. Quelle importance que son corps soit ici ou là-bas…

Zélie lui avait demandé où il avait puisé la force de poursuivre seul, de se rendre sur les lieux où sa femme avait péri, en plein hiver qui plus est.

– C'est vrai qu'il faisait un froid polaire. Des blocs de glace flottaient à la surface de l'eau le jour où on est venus pour la première fois sur le récif. On a eu peur, à plusieurs reprises, qu'ils ne sectionnent le tuyau reliant Selmer Jacobson, le plongeur, à la pompe à air sur le bateau. Lui se trouvait à plus de soixante mètres en dessous de la surface. Lors de la première plongée,

Jacobson a remonté les corps de deux femmes. Mais pas mon Ilene. Il a fait cinq tentatives. Toutes des échecs.

Pas tout à fait, avait corrigé Zélie, car la persévérance d'Al Winchell avait permis que la CPR* consente à reprendre les recherches. Ses quelques expéditions avaient prouvé à tous qu'il restait bel et bien des victimes prisonnières du navire. Ilene fut retrouvée à la fin du mois de juillet. Et Al put enfin tenir sa promesse.

Cette histoire-là avait fait trembler les murs intérieurs de Michaël Legrand. L'éditeur parisien l'avait lue, relue. Dans sa traduction française, en anglais aussi. Il y avait là quelque chose…

– L'histoire de monsieur Winchell lui appartient, avait expliqué Zélie à Michaël. Je ne veux pas la réécrire. En revanche, si vous tenez absolument à me mettre à l'épreuve de la fiction, j'ai une proposition à vous faire…

* La Canadian Pacific Railways Compagny.

33

Est-ce un mensonge de qualifier de « roman », ce texte que Michaël lui a pour ainsi dire commandé, dont il a lu, déjà, plus de la moitié des pages qui le composent ? Certes, les faits sont là, véridiques, vérifiables. Le nom des personnages aussi, leur point de chute, leur destin commun. Pourtant, le réel n'a pas suffi. Le peut-il jamais, d'ailleurs ?

Il a fallu l'aider à prendre corps. Tracer dans ses sillons des chemins tantôt escarpés, tantôt vallonnés. Créer des ponts pour que les rives se rejoignent, pour que des bras s'étreignent, et que la vie pulse en dessous, rivière de mots devenue fleuve indomptable. Il a fallu inventer, imaginer, combler les espaces vides.

Elle repense à Jean, sa perte, son impossible oubli. Son frère, dont elle a laissé croire à Michaël qu'il n'était qu'un passager parmi d'autres, une victime qu'elle avait choisie par hasard, en parcourant la liste des passagers, pour devenir le personnage principal de son futur roman.

Elle ne savait rien de lui, n'avait rien trouvé d'écrit sur lui, avait-elle assuré. Aucun récit, aucune commémoration voulue par la famille, comme elle avait pu en écrire depuis le naufrage.

Celui-là faisait partie des âmes non réclamées. Sa dépouille, d'ailleurs, n'avait pas été retrouvée. Elle n'avait que ce nom, avait-elle affirmé à son éditeur.

Sur ce point-là, elle avait menti. Mais elle n'avait pu faire autrement. Il avait fallu qu'elle se convainque elle-même que Jean n'était qu'un nom pour qu'il puisse devenir son personnage. Elle avait dû le mettre à bonne distance pour que son histoire ait une infime chance de sortir des eaux glaciales de son chagrin. Si Jean était resté son frère, aucun mot n'aurait pu remplacer les larmes.

Au début, elle s'en était voulu de ne pas avoir eu le cran de dire la vérité à son éditeur, de se leurrer elle-même, de prendre la tangente face à la perte de son frère. Son Jean, qu'elle trahissait, au détour de chaque phrase. Ça l'avait même tétanisée. Zélie écrivait comme un fuyard, rasant les murs, le souffle court, les mains moites. Son intention de départ avait été tout autre cependant. Lorsqu'elle avait abordé le projet de ce « roman », sa volonté était d'écrire un livre dans lequel son frère puisse trouver la paix que la réalité lui avait refusée en faisant disparaître son corps. Elle voulait lui offrir une tombe pour accueillir, de façon symbolique, son âme errante.

Ce livre serait sa mission. Elle s'y était jetée avec toute la solennité possible, l'espérance de pouvoir renverser les choses et celle de lui rendre l'hommage qu'il méritait. Elle voulait raconter son frère, faire revivre son frère.

Or, très vite, elle s'était confrontée au silence. L'évidence était là… Seul Jean était dépositaire de l'histoire de sa vie. Même si elle était sa sœur, même s'ils avaient grandi ensemble, rêvé ensemble, traversé l'Atlantique ensemble, trimé ensemble, avancé ensemble, elle resterait toujours sur le seuil. Elle ne pourrait avoir accès à son regard, à ses peurs, à ses espoirs, à la force avec laquelle il avait aimé Zhang Lin, embrassé l'existence et ses convictions.

Raconter Jean, se mettre à sa place ne serait jamais qu'une tentative vaine de s'emparer de ce dont elle ne pourrait que percevoir les contours.

L'idée de forger un récit à partir de son propre point de vue lui traversa l'esprit. C'était une option. Elle pourrait parfaitement écrire un livre-témoignage, comme elle l'avait fait maintes fois pour tous ces gens qui étaient venus la trouver après le naufrage. Elle y avait droit. Mais pour cela, Zélie avait son journal intime, et c'était largement suffisant.

Il ne lui restait donc qu'une solution : écrire un texte qui mêle fiction et réalité. En d'autres termes, un roman.

Finalement, elle n'avait pas tant menti que ça. Elle avait juste omis d'expliquer à Michaël tous les aspects de l'œuvre qui l'avait tant séduit. Car tout éditeur qu'il était, il n'en demeurait pas moins un lecteur. Elle avait donc le droit de préserver une part de mystère. Pour le moment du moins. Il ne faut jamais tout dévoiler de son intrigue…

Bibliographie

—

Sources historiques

The Sinking of the Princess Sophia, Ken Coates and Bill Morrison, Oxford University Press, Canada, 1990.

Bibliothèque et Archives Canada. Fonds du ministère de la Marine, RG 42, série B-4, vol. 355.

Bibliothèque et Archives Canada. Gouvernement du Canada, Documents parlementaires, 21-24, vol. 56, nº 7, 1920.

The Barbary Plague: the Black Death in Victorian San Francisco, Marilyn Chase, éd. New York, Random House, 2003.

L'Émigration des Haut-Alpins aux Amériques, Patrick Caffarel et Michel Clément, éd. Patrick Caffarel, 1996.

Le Western champsaurin, tome I, Florence et Marcel Barès, éd. Ophrys, 1976.

Le Chinois aux États-Unis dans les imaginaires américains et chinois aux XIXe et XXe siècles, Thèse de doctorat par Maud Céna, Université Jean-Moulin, Lyon 3, octobre 2008.

L'Écriture de la marge dans le récit autobiographique sino-américain féminin au XXe siècle, Thèse de doctorat en littérature américaine, par Nelly Mok, Université Michel-de-Montaigne, Bordeaux III, décembre 2011.

Œuvres littéraires citées dans le roman

L'Appel de la forêt, Jack London, éd. Gallmeister, coll. « Litera », traduction d'Anatole Pons-Reumaux, 2024.

La Vie poème, Marc Alexandre Oho Bambe, éd. Mémoires d'Encrier, 2022.

Michel Strogoff, Jules Verne, éd. Gallimard La Pléiade, 2017.

Le Tour du monde en 72 jours, Nellie Bly, éd. Points, traduction d'Hélène Cohen, 2017.

10 jours dans un asile, Nellie Bly, éd. du Sous-sol, traduction d'Hélène Cohen, 2015.

Illusions perdues, Balzac, éd. GF, 2010.

Histoire de ma vie, George Sand, éd. Le Livre de Poche, coll. « Classiques », 2004.

Dao de Jing, Le Livre de la Voie et de la Vertu, Lao zi, éd. Desclée de Brouwer, traduction de Claude Larre, 2002.

Bel-Ami, Maupassant, éd. Gallimard, 1999.

La Tempête, Shakespeare, éd. Gallimard, coll. « Folio Théâtre », traduction d'Yves Bonnefoy, 1997.

Remerciements

Je tiens à remercier tout particulièrement M. Ken Coates et M. Morrison pour leurs travaux sur le naufrage et leur ouvrage *The Sinking of the Princess Sophia*, qui a été une mine d'or pour mes propres recherches et ma compréhension de la situation économique et sociale dans le Yukon, ainsi qu'un fil d'Ariane, si ténu soit-il, qui m'a reliée à ce grand-oncle Arnoux que je n'ai jamais connu, tout au long de cette aventure littéraire.

Merci à toutes celles et ceux qui m'ont épaulée pendant cette période de recherche, de découverte, puis d'écriture : ma famille, mes enfants, mes amis chers qui se reconnaîtront.

Merci enfin, aux passagers du *Princess Sophia* : je m'étais fait une mission de vous « sauver de l'oubli », et c'est vous qui m'avez maintenue hors de l'eau tandis que je me noyais.

Enfin et surtout, un immense merci à Héloïse d'Ormesson et à Roxane Defer pour la confiance qu'elles m'accordent aujourd'hui.

Conception graphique et réalisation
Anne-Marie Bourgeois/m87design

Achevé d'imprimer
sur Roto-Page
par l'Imprimerie Floch à Mayenne,
en février 2025

Dépôt légal
mars 2025

Numéro d'imprimeur
106430

Édition n° 1

Imprimé en France